Ye

3139

FRANÇONNETTE.

FRANÇONNETTE

RÉCIT TRADITIONNEL DU HAMEAU D'ESTANQUET

PRÈS D'AGEN, ANCIENNE PROVINCE DE GUYENNE.

IMITATION LIBRE

DU

POËME FAMILIER COMPOSÉ EN VERS GASCONS

PAR JASMIN.

« Tu n'es pas inventeur, sois vrai »
J. JANIN, *Gâl. des rois*, p. 70.

PARIS,

IMPRIMERIE DE WITTERSHEIM,

8, RUE MONTMORENCY.

1851.

JASMIN DÉDIE SA FRANÇONNETTE
A LA GRANDE CITÉ GALLO - ROMAINE,
A LA VILLE DE TOULOUSE,
QUI LUI A DONNÉ UN RAMEAU D'OR.
MOI JE DÉDIE LA MIENNE
A LA MODESTE VILLE DE REMIREMONT (VOSGES).

AUX AMIS DE MA JEUNESSE,

C'EST-A-DIRE

A leurs Fils et Petits-Fils

DONT L'AFFECTUEUX SOUVENIR EST TOUT CE QUE J'AMBITIONNE.

AVERTISSEMENT.

Si vous pincez les ailes d'un papillon, la poussière d'or et d'azur qui les recouvre vous reste aux doigts; de même si vous traduisez des vers, fût-ce du patois, en langue perfectionnée, vous enlevez aussitôt, quel que soit votre talent, la vérité, la grâce et le coloris de l'original. Vous mettez l'auteur à la torture. Dieu me garde de faire subir un tel supplice à l'aimable chantre du Lot-et-Garonne! J'ai pris son canevas, et, autant que je l'ai pu, ses fraîches idées, ses traits de nature, et j'ai cherché à rendre, tellement quellement, les impressions que

sa verve brûlante a produites sur une vieille imagination.

« Car j'avais *soixante* ans, quand cela m'arriva.

Je ne répète pas mot à mot ce que Jasmin m'a
dit. Je le raconte à ma guise, dans mon propre patois, et comme de souvenir. En effet, il y a longtemps
que je ne retrouve plus le volume sur lequel j'ai fait
ma première ébauche. Je dis cela à la décharge du
vrai poëte qui ne souffre pas, — il me l'a dit, —
qu'on essaye de le traduire. — Maître, lui ai-je ré-
pondu, je n'ai pas cette prétention ; j'imite seulement.
— A la bonne heure ! je n'ai rien à dire.

Le récit de Jasmin est vif, alerte et frissonnant
d'amour. Le mien, hélas ! est *lent*, *lourd* et surtout
long, car la vieillesse est verbeuse, et malheu-
reusement le temps n'est plus où l'on respectait ses
défauts.

Pour *Françonnette*, comme pour *Marthe* et l'*A-
veugle*, je me suis donc mis à l'aise, et je puis dire
avec Lafontaine : « Mon imitation n'est pas un
esclavage. » Toutefois, je suis resté fidèle au cadre
tracé par Jasmin, et j'ai résisté à la tentation d'y
faire quelques changements. Ici, par exemple,
j'aurais pu, dès la troisième pause, celle du Pain
bénit, annoncer ou dénoncer, d'une manière ou
d'une autre, les résolutions furieuses de Marcel ; ce
qui aurait fort abrégé la confession qu'il fait plus

tard, et aurait, semble-t-il, fait partager plus vive-
ment au lecteur l'effroi des gens de la noce. J'aurais pu encore, puisque Montluc figure au com-
mencement du récit, le faire intervenir à la fin, pour
récompenser la généreuse résolution de son soldat
favori. En ne le faisant pas, j'ai obéi au précepte que
le docte M. Collot exprime dans sa remarquable dis-
sertation sur un passage de l'*Art poétique d'Horace*
(1849, *typographie de Firmin Didot*): « Un imitateur,
» dit-il, a sans doute plus de liberté qu'un traduc-
» teur, cependant sa route est tracée : il peut l'é-
» tendre et l'embellir, mais non la dénaturer, tandis
» que le poëte créateur, etc., etc. »

Un mot sur Blaise de Montluc, pour justifier les
quelques vers qui font allusion à ce rude personnage.
Né vers 1500, il mourut, dans son château d'Estillac
près d'Agen, en 1577, horriblement défiguré par
un coup de feu, ce qui le forçait à porter un masque.
Il résume en sa personne les mœurs et les préjugés
de son temps, auquel l'énergie de son caractère
donne un singulier relief. « Dans notre métier, dit-
il lui-même, il faut être cruel, et Dieu nous doit
miséricorde pour avoir fait tant de maux... J'étais le
boucher royal... Où j'avais passé on pouvait le voir :
les arbres en portaient l'enseigne. » En effet, il marchait accompagné de plusieurs bourreaux et ne dé-
daignait pas de mettre la main à l'œuvre quand la
besogne l'exigeait. Sa rage contre les huguenots

excitée par les prouesses du baron des Adrets, par les
cajoleries des Guise et de Catherine de Médicis,
l'était encore par les cruautés que les calvinistes
avaient exercées sur des membres de sa famille. Il
avait perdu quatre fils à la guerre. Mais qui n'a lu
ses curieux mémoires? Qui n'a retenu ce passage
qui montre combien la guerre lui était personnelle
et où il exprime le regret de n'être arrivé à Toulouse
qu'après que les huguenots venaient d'en être ex-
pulsés? « Or, le matin une heure avant le jour, nous
arriva un capitoul de Toulouse nommé M. de Dardes,
qui m'apporta lettre de M. le président et de M. de
Bellegarde nous mandant la sortie et fuite des ennemis... De quoi je fus bien marri, car s'ils m'eussent
attendu, il n'en fust pas sauvé un... (Montluc emploie ici un singulier mot.) Et Dieu sait si j'avais
envie d'en faire belle dépêche, et si je les eusse épar-
gnés! (*Livre cinquième de ses commentaires.*) C'est
aussi d'après ses commentaires que nous indiquons
la couleur rouge du pourpoint qu'il portait : —
« J'affectionnais cette couleur, dit-il, en l'honneur
d'un dame dont j'étais amoureux, *quand j'en avais le
loisir*. » Au reste, la miséricorde qu'il réclamait si
naïvement de Dieu, le monde aussi la lui a faite.
C'est après ses exploits en Guyenne qu'il reçut le
bâton de maréchal de France, et l'ordre du Roi (le
collier de Saint-Michel) qui alors, comme il le dit
lui-même, n'était pas encore avili. C'est lui qui a

fixé le blason des Montluc (écartelé au 1er et 4e d'azur un loup ravissant d'or, au 2e et 3e ou tourteau de gueules deux griffons pour support), et qui a rendu ce nom assez célèbre pour que les d'Artignan, devenus Montesquiou, prétendent que la souche des Montluc n'est qu'une refonte de la leur. (*Recherches historiques sur la maison de Montluc*, par Morel d'Hauterive, 1842.)

« Si mon langage est rude, il ne faut pas qu'on croie
» Qu'à plaisir je choisis des mots bas et grossiers :
» Du tout ! mais, au village, il faut bien qu'on emploie
» Le mot qui dit la chose et des tours familiers. »

(Anonyme.)

LA SAINT-JACQUES.

Du temps où sur ces bords Blaise le sanguinaire,
Le terrible et cruel fléau des huguenots,
A la gloire d'un Dieu clément et débonnaire,
Faisait couler le sang et les larmes à flots........
De ces jours odieux qui souillent notre histoire,
Où les Guise et Calvin s'armaient au nom du Ciel,
On voudrait à jamais effacer la mémoire,
Et verser dans l'oubli cette coupe de fiel.

   Mais partout s'en revoit la trace;
Partout, en ce pays, le deuil reste tendu :
   Le sang à grand'peine s'efface,
Et Montluc — il s'en vante — en a tant répandu !

Il s'arrêta pourtant, car du haut des collines,
Un soir, on n'ouït plus tonner les couleuvrines.
A leur voix succédait un silence de mort :
Montluc était malade, ou dormait dans son fort.

Ou, peut-être, avait-on osé lui faire entendre
Que Dieu, le pur amour, la suprême bonté,
A condamné le glaive, et que pour le défendre
Il n'est que la parole et que la charité.

      Quoi qu'il en soit — chose certaine —
      Il s'est remis sous les verroux ;
      Ses bourreaux reprennent haleine,
      ‹ Et de sa fureur inhumaine
      Pour un jour il suspend les coups,
Et dans sa forteresse à triples meurtrières,
      A triple pont, triple fossé,
Il fait tranquillement ses dévotes prières,
Sans le moindre remords de tout le sang versé.

Mais on tremble toujours, car à travers ses grilles,
Du haut de son donjon, il lance au loin l'effroi ;
Il proscrit tous les jeux, — et fait tant que nos filles
Et nos jeunes muguets sont tous en désarroi.

Ce n'est pas que jamais une seule amourette,
Même devant Néron, soit morte de frayeur.
Force est de se cacher, mais on sait qu'en cachette
Se font mieux qu'autrement les affaires du cœur.

Quand elle voit tomber, l'hirondelle légère,
Tomber avec son nid, au début des beaux jours,
Le toit hospitalier qu'avait choisi sa mère,
      Renonce-t-elle à ses amours ?

Vous savez bien que non. Elle reprend courage,
Et vite en quelque coin du clocher du village,
     D'où jamais on ne la bannit,
     Elle maçonne un nouveau nid.

Tout ainsi faisons-nous. Avienne la Saint-Jacques,
La fête — notez bien — de saint Jacques le grand,
Qu'ici nous célébrons presqu'à l'égal de Pâques,
Pour se mettre en gaîté voici comme on s'y prend (1) :

Sous le prétexte heureux d'un saint pèlerinage,
Loin du fort de Montluc, dont on craint le regard,
On va chercher la paix, du plaisir premier gage,
Dans un vallon désert, dans un bois à l'écart.

Justement, près d'ici, nous pouvons nous ébattre
Sur le fief d'un seigneur qui, là, vit retiré,
Et se plaît à nous voir faire le diable à quatre
Avec ses propres serfs, dont il est adoré.

Nous partons aujourd'hui, croix et bannière en tête,
Car notre bon curé veut nous guider partout,
Et c'est lui qui rendra plus joyeuse la fête
Promise dès longtemps pour la fin du mois d'août (2);

De ce mois généreux, qui chaque nuit prodigue
La rosée à la terre, et dont l'ardent soleil
Distille à son foyer les larmes de la figue
Et gonfle le raisin d'un jus clair et vermeil.

     Oh! les gens de plus d'un village
     Viendront se réunir, je gage,
     Tout haletants et tout poudreux,
     A notre gai pèlerinage.

Et ces gens, qu'ils seront heureux,
Assis sous des toits de feuillage,
D'oublier leur rude servage
Et de resserrer tous entre eux
Les liens de bon voisinage !.....
Voyez ! déjà de tous côtés,
Au fond du val, comme la foule
Se précipite, augmente et coule,
Et sur elle-même se roule......
Un dirait des flots agités.

Mais les masses bientôt s'épandent, se déploient
Et font place aux danseurs, qui, d'un joyeux entrain,
Affrontant le soleil, bondissent et tournoient
Tant que souffle le fifre, et bat le tambourin.

L'on comprend qu'à ce jeu la bouche se dessèche ;
Aussi, tous nos danseurs vont accourir bientôt
Tendre leurs lèvres au goulot
Qui *lance* à tout venant la limonade fraîche (3).
Ceux qui ne dansent pas forment des cabarets
Sur tous les points de la prairie :
Un groupe de mûriers leur sert de galerie
Et les tertres de tabourets.

Chacun, selon son goût, se régale et s'amuse :
Les filles suivent les garçons,
Qui s'en vont, tout là bas, tirer à l'arquebuse
Où se groupent autour du marchand de chansons.

Pour les enfants, riches provendes
De pain d'épice et de totons,
De figues sèches et d'amandes....
Et c'est la foire aux mirlitons !

Dieu ! quel afflux de gens !... foule à Polichinelle,
Foule au singe acrobate, aux quilles, aux pétards,
Foule, foule partout !.... Hé ! quelle est cette belle
    Vers qui s'en vont tous les regards ?

    — Où donc ? là bas ? c'est Françonnette,
    C'est l'orpheline d'Estanquet,
    La rose brillante et coquette
    Qui fait pâlir tout le bouquet ;
    Car la plus gente pastourelle,
    Au visage frais, arrondi,
    Ne brille pas plus auprès d'elle
    Que la grande ourse en plein midi.

    Comme autour d'elle on tourbillonne !
    Tous les garçons lui font la cour,
    Et c'est chacun d'eux qui lui donne
    Le doux nom de *Perle d'Amour*.

Du premier au dernier, elle tourne la tête,
    Et partout sème le désir.
On l'attendait ici pour commencer la fête :
    C'est l'étincelle du plaisir.

Ah ! quand vous aurez vu combien elle est jolie,
Quand, surtout, vous aurez pu rencontrer ses yeux,
De nos jeunes garçons, vous grave et sérieux,
    Vous partagerez la folie.

    D'ici, vous pouvez déjà voir
Que la belle n'est pas l'une de ces rêveuses,
    De ces mignonnes de boudoir,
Que tout fait soupirer, que tout rend malheureuses,

Qui, pour mendier un amant,
Versent sur vous, sur tous, un long regard humide,
Et qui se penchent mollement
Comme un saule qui pleure au bord d'une eau limpide.

Tout en elle, au contraire, est vivace, nerveux;
Ses yeux d'un noir de jais brillent comme escarboucles,
Elle est brave, bien mise, et de ses bruns cheveux,
Suivant l'art qu'elle ignore, elle arrange les boucles.

Sa lèvre a le vif incarnat
Des cerises de juin qui sont encore aux branches;
De l'ivoire et du lait, ses dents bravent l'éclat,
Tant elles sont pures et blanches.

Ah! s'il fallait ici peindre tous ses appas,
Ses grâces, son parler, je n'en finirais pas.
Un enfant d'Apollon, de l'école d'Homère,
Vous dirait que Vénus, de l'air le plus coquet,
Prenant, d'une simple bergère,
Le jupon court, le bavolet,
A déserté l'Olympe, Amathonte et Cythère,
Et qu'elle a ce matin choisi, pour pied à terre,
Le hameau d'Estanquet.

Aussi, combien dans les familles,
Met-elle de jaloux soupçons!
En fait-elle sécher des filles!
En fait-elle aller des garçons!

Je vous l'ai déjà dit : chacun d'eux en raffole,
Et tente mille efforts pour se montrer galant;
Mais la malicieuse idole
De s'en douter ne fait semblant.

Elle est toute au dépit qui couve dans son âme.
—Du dépit! Pourquoi donc? — Que vous dire? elle est femme,
Et si beau, si touffu que semble son bouquet,
Il y manque toujours.... je sais bien quel œillet.

Si vous étiez d'ici, vous sauriez que l'on vante,
Que l'on chérit surtout car il est sans égal,
Un jeune forgeron, qui sait lire et qui chante
Des vers qu'il fait lui-même.... On l'appelle Pascal.

Il est sauvage et doux, triste et gai tout ensemble,
Et l'on voit que pour plaire, il est fait comme au tour.
Hé bien! ce garçon-là.... c'est du moins ce qu'il semble...
N'est pas épris du tout de la Perle d'Amour.

— Hé! se dit celle-ci, mécontente, étonnée,
      D'où lui vient cet excès d'orgueil
      Et cette froideur obstinée?....
Qui font que sur lui seul s'émousse mon coup d'œil?

Peut-être arrange-t-elle autrement son langage,
Mais je dis sa pensée.... et je tiens, cent contre un,
Que l'œillet qui lui manque ôte tout leur parfum
A ces mille autres fleurs dont on lui fait hommage.

      Que voulez-vous? c'est de tout temps,
      Car je l'ai lu dans plus d'un livre,
      Que fille ou femme de bon sens,
      Dès qu'on la dit belle, s'enivre,
      A force de humer l'encens.

On m'assure qu'ici c'est pure étourderie.
      Mais je dis, moi, Jean Bouche-d'Or,

2

Que si *Perle d'Amour* n'est pas coquette encor,
    Elle a de la coquetterie.

Sa grand'mère lui dit, quelquefois, en filant :
    « Petite, reste donc tranquille.
    » N'as-tu pas Marcel pour galant?
» On n'agit point ici comme on fait à la ville.
» Tu sais qu'on t'a promise à ce brave soldat
» Qui t'aime et va bientôt te prendre en mariage...
    » Ah! garde-toi d'être volage!
» Qui joue aux amoureux gagne le célibat. »

Mais l'espiègle, en riant, répond : « C'est bien, grand'mère,
» Votre Marcel, un jour peut-être on l'aimera.
» Qu'il aille, en attendant, faire un tour à la guerre;
    » Nous verrons quand il reviendra.
» Mais vous, qui me grondez sur mon humeur légère,
» Vous chantez ce refrain, qui fait rire un chacun :
    « *La plus gente bergère*
    » *N'aura d'amant, si n'en voit qu'un,*
       » *Aucun.* »

    Quelle imprudente fantaisie!
    Sans but, enflammer tant de cœurs,
    Et s'offrir gaîment aux fureurs
    De l'implacable jalousie!
    Je plains, moi, ces pauvres balourds
    Dont le désespoir la fait rire,
    Car ils n'ont pas dans leur martyre —
    Faute de savoir un peu lire —
    Ils n'ont pas même le secours
    Des vers que le dépit inspire
    Aux gens trahis par les amours.

Taillés, comme ils le sont, en pleine et bonne étoffe,
　　Je crois bien qu'ils n'en mourront pas,
Mais enfin nul d'entre eux n'est assez philosophe
Pour rire de lui-même et de ses gros *hélas!*

　　　Aucun ne fait plus sa besogne,
　　　Les outils sont pris à rebours,
　　　Celui-ci jure, un autre grogne ;
　　　Leur parle-t-on? ce sont des sourds.

　　　Oh! que de vignes mal taillées!
　　　Que de sillons faits de travers!
　　　Que de portes mal verrouillées,
　　　Et que de bas mis à l'envers!

Cela dit, vous savez à peu près Françonnette,
　　　Mais suivez-la toujours des yeux.
Et tenez, près du saule où la foule se jette,
　　　　Vous la voyez qui pirouette
　　　　Avec Bastien le sérieux.

On fait cercle autour d'elle, et la bouche béante,
On l'aspire.... chacun lui demande un coup d'œil.
　　　　Elle en devient plus pétulante,
　　　　Et n'en ressent que plus d'orgueil....

　　　Mais regardez-la donc, la folle!
　　　Est-il assez vif son regard?
　　　Assez fin son pied d'Espagnole?
Quelle taille de guêpe! et quel œil de lézard!

　　　Quand elle saute et fait la roue,
Et que le vent soulève un brin son fichu bleu.....

Il ne peut croire qu'un blanc-bec
Ose être son rival... Non, non!.... C'est impossible.

Et si jamais un petit coq
S'avisait seulement de frôler sa conquête,
Soyez sûr que du premier choc
Le malheureux perdrait ses plumes et sa crête.

Oui, l'autre jour au cabaret,
Marcel, en ecrasant un verre,
Dit, qu'autant il en voulait faire
A l'impudent, au téméraire
Qui de sa belle approcherait.

En place! le voici, qui, la jambe tendue,
Et se donnant des airs plaisamment gracieux,
Se pose en Céladon devant sa prétendue,
Lui présente la main et lui fait les doux yeux.

Et comme il danse bien! Mais peines inutiles :
Dès l'abord la donzelle annonce, par ses pas
Vigoureux, cadencés et toujours plus agiles,
Que, malgré ses efforts, il ne la vaincra pas.

Et cependant il se trémousse,
Bien sûr qu'il est d'avoir le prix,
Et de pouvoir..... l'idée est douce,
Dire à la foule qui le pousse :
Eh bien! Marcel, malgré vos cris,
L'a pris.

— Il tiendra bon, je le parie,
Dit l'un. — Du tout! il cédera,
Dit l'autre; et malgré son envie,

Malgré ses pas d'académie,
Un plus heureux embrassera
    Sa mie.

Ah! pour la fatiguer, le vantard donnerait,
Tant est vif et brûlant le désir qui l'entraîne,
Ceinture, mousqueton, sabre, galons de laine,
    Et galons d'or..... s'il en avait.

Mais qu'il est loin du but! et qu'une fille est forte
Pour tenir éloigné l'amant en discrédit!
On croit qu'elle s'envole ou que le vent l'emporte,
    Tant et si haut elle bondit.

Et lui, lui que surtout la vanité provoque,
Se démène et s'entête à soutenir l'assaut.
Mais sa force est à bout..... la chaleur le suffoque.....
    Ouf! il a fait son dernier saut.

Il recule, il s'assied, et Pascal le remplace;
Mais celui-ci se trouble : il change de couleur.
Est-ce un feu qui le brûle? est-ce un froid qui le glace?
    Tout simplement..... c'est du bonheur.

La chance qu'il obtient n'était pas attendue,
Car les deux vis-à-vis à peine sont placés,
A peine a-t-on déjà fait deux ou trois chassés
Que la danseuse dit, essoufflée et rendue,
    Je n'en puis plus..... Assez! assez!

Pascal ne bouge pas : confus, il semble attendre
Qu'on le vienne quérir. Et de fait, sans muser,
Pour s'acquitter d'abord, notre belle vient tendre
    La joue au devant du baiser.

— Bien, Françonnette! bien! A la belle on envoie
    Des compliments de toute part;
On embrasse Pascal; le peuple est dans la joie
En voyant qu'un des siens fait la nique au soudard.

Une vieille, sortant du milieu de la foule,
Examine Pascal et dit : « Par tous les saints!
» Le coq..... je m'y connais... est digne de la poule....
    » Bientôt j'en verrai des poussins. »

Mais quel trouble effrayant cette aventure jette
Dans l'âme de Marcel, dans l'âme de celui
Qui, tel que Dieu l'a fait, adore Françonnette,
    Et la regarde comme à lui!

Oh! de son œil jaillit le feu de la menace.
Il s'est remis sur pied, et toisant son vainqueur :
— « Qui t'avait donc permis de te mettre à ma place,
    » Vil paysan!... rustre sans cœur?

» Ah! tu crois, lui dit-il, que de moi l'on se joue?
» Oui, mais c'est à ce prix... » Et soudain le brutal
Applique lourdement un soufflet sur la joue
    Du simple et modeste Pascal.

— « Jour de Dieu! quoi! déjà la fortune ennemie
» Reparaît pour flétrir un triomphe aussi cher!
» Un baiser! un soufflet!... la gloire et l'infamie!
    » Le ciel et tout à coup l'enfer!

» Oui, l'enfer... son brasier s'allume dans mon âme.
» Je ne suis — je le sais — qu'un pauvre forgeron,
» Mais l'honneur, c'est la vie!... Entends-tu bien, infâme,
    » Toi qui me fais un tel affront? »

Le voyez-vous ? De rage il rugit, il écume,
Ses yeux lancent l'éclair... l'ouragan n'est pas tel :
Déjà ses bras nerveux, éprouvés à l'enclume,
     Ont rudement frappé Marcel.

Le soldat ébranlé se redresse et se cabre,
Mais en vain, car Pascal s'est fait plus grand que lui.
Le bravant, il lui crie : « Oui, oui ! tire ton sabre ,
» Tu n'en auras jamais plus besoin qu'aujourd'hui ; »
Et du terrible essor que donne la colère,
Il saute sur Marcel, il l'étreint, il le serre,
Et de ce même choc lui fait perdre l'aplomb.
Marcel le mord au bras... mais, tout à coup, par terre
Tombe, avec un bruit sourd, le colosse de plomb.

Et Pascal aussitôt — sa colère assouvie —
Un genou sur le sein du soldat terrassé :
— « Je te fais, lui dit-il, l'aumône de la vie.
» Oublions de nous deux lequel fut offensé. »

Mais contre ce pardon, tout le peuple proteste :
— « Non, Pascal ! venge-toi. Le méchant t'a mordu,
» Ton bras saigne !... va donc ! et donne lui son reste.
» S'il t'avait renversé, toi, tu serais perdu. »

— « N'importe, répond-il, j'ai trop bonne querelle (4)
» Pour être sans merci... je l'ai vaincu. — Non, non !
» Il grince encor les dents... frappe-le de plus belle,
» Frappe ! venge-nous tous !... hardi !... point de pardon ! »

— « Arrière, paysans ! qu'est-ce donc ? quelle audace !
— » C'est Marcel... — Taisez-vous ! — C'est lui... — Vous avez tort »
Répète un grand Monsieur dont le coup d'œil menace
Et dont le pourpoint rouge est tout chamarré d'or.

On tremble rien qu'à voir sa face triste et blème,
Et c'est avec raison, car ce maître hautain
Qu'ici par malencontre attire un pauvre daim,
    C'est — hélas oui ! — Montluc lui-même.

    Plus timide que la perdrix,
Des filles, il est vrai, la troupe désolée,
A l'approche des chiens, et dès leurs premiers cris,
    Jouant des ailes, avait pris
      Tout à coup la volée.

    Pour les garçons, ils sont contents :
    Ils ont, suivant l'antique usage
    De toute fête de village,
    Moitié battus, moitié battants,
    Fait — Dieu merci ! — bien du tapage.

    Par-dessus tout, ce qui leur plaît,
    C'est qu'ils ont de façon virile
    Montré qu'ici, comme à la ville,
    On fait justice d'un soufflet.

Montluc s'est radouci. De son gré, l'on prépare
Un triomphe au vainqueur, et bientôt, au signal
Que donnent à la fois les cris et la fanfare,
Chez sa mère, en chantant, on reconduit Pascal.

Mais le soldat vaincu se remet en bataille,
Et sur ses reins brisés faisant un dur effort,
Se redresse et s'écrie : « A moi, vile canaille !
» Tu n'en as pas fini. Je veux combattre à mort. »

Ne vous effrayez pas de cet accès de rage,
Il passera bientôt. Notre étalon sauvage

Connaît du caveçon la sûre autorité...
Son maître le regarde, et le voilà dompté.

Il mâchonne son frein ; il trépigne sur place,
Et tout bas il se dit, en s'essuyant la face :
— « J'en jure ! cet affront ne me survivra pas.
  » Je leur en ferai voir de belles !...
» Il me le paîra cher, ce Pascal, ce Judas,
» Et bientôt Françonnette aura de mes nouvelles.

  » Puisque Montluc m'en fait la loi,
  » Force est qu'ici je me contienne ;
  » Mais nous verrons si la chrétienne,
  » Avant un an, n'est pas à moi. »

PREMIÈRE PAUSE.

LA VEILLÉE.

Un, deux, trois mois encore, et ces beaux jours passèrent
Où les jeux, dans les champs, se mêlent au travail ;
Les feuilles avec eux tristement s'en allèrent,
Et l'on rentra bientôt le rustique attirail.

Or, dès que la moisson dans les greniers est mise,
Et que sur les sillons on a lancé le grain
   Qui dans un an fera du pain,
On voit poindre les jours de brouillards et de bise,
   Jours écourtés par les deux bouts,
   Sans crépuscule et sans aurore ;
Car, pour de courts instants, leur soleil incolore,
Au bas de l'horizon, vient tard au rendez-vous.

Voici l'hiver et son cortége,
Le vent assaille nos coteaux ;
Déjà flottent dans l'air quelques flocons de neige,
Couvrons-nous bien de nos manteaux....
L'étable calfeutrée abrite les troupeaux ;
Mais vous, contre le froid, dites qui vous protége,
Pauvres petits oiseaux?

Chez les riches, alors, le foyer flambe et brille
Du matin jusqu'au soir, et même encor la nuit,
Tandis que tout auprès, une pauvre famille,
Sans pouvoir travailler, grelotte en un réduit
Si mal fermé qu'il y grésille.

Hé bien ! Ces pauvres gens, là, dans ce triste lieu,
Du plus profond de leur misère,
Mieux que ceux qui font bonne chère,
En soufflant dans leurs doigts, rendent grâce au bon Dieu.

Mais, après tout, l'hiver n'est pas sans jouissance.
Voici le grand jour de Noël,
Le jour heureux et solennel
Qui du divin sauveur rappelle la naissance....
« Gloire! gloire! il est né !»—Qu'entends-je?—C'est la voix
D'un chœur d'anges qui nous réveille
Et nous annonce la merveille
De la crèche où s'en vont les pâtres et les rois.

Hé ! d'où vient que vers la colline
Tout le hameau prend son élan ?
— Courons aussi, car je devine
Que déjà là haut le vieux Jean,
Selon l'usage, tambourine,

Pour la jeunesse, un joyeux ban,
Ecoutons : ran, ran, rataplan.

« Par ordre, on fait savoir aux gens de la contrée
» Que vendredi prochain, veille du jour de l'an,
» Il est permis d'avoir une grande soirée
» Dans la grange à Dumont.... ran, ran, ran, rataplan ! »

Vive le Roi !.... cette nouvelle
Va réjouir tout le canton.
Je vois déjà maint piéton
Qui la transmet à mainte belle.
Cela répond aux vœux de tous,
Car il faut savoir qu'au village
La veillée où l'on vous engage
Fait, qu'obéissant à l'usage,
Sans manége ni billet doux,
La fille, même la plus sage,
Reçoit et donne un rendez-vous.

On y vient, empressé, d'une lieue à la ronde,
Que l'on soit riche ou non, que l'on soit jeune ou vieux,
Ou jovial ou sérieux...
C'est quasi, dirait-on, comme la fin du monde.

On y travaille ensemble, on y fait tel récit
Où le diable apparaît des flammes à la bouche....
Le diable ! Oh ! voilà bien, voilà, sans contredit,
Le héros qui, tout droit, vise au cœur et le touche.

Les enfants et les villageois,
Plus près que nous de la nature,
Dévorent, tant que la nuit dure,
Ces contes naïfs d'autrefois,

Ces aventures lamentables
De pâtres dévorés par l'ogre ou le loup blanc ;
Et, pour eux, ces faits-là ne sont pas contestables,
Le moyen d'en douter, ils leur figent le sang?

Mais pour jouir en plein du charme de la crainte,
Je vous réponds que rien ne duit
Comme un soir, en hiver, quand la lampe est éteinte
Et qu'on entend sonner minuit.

C'est plaisir d'être admis dans ce conclave agreste
Quand on ne prétend pas rester sur ses ergots,
Ni conserver le moindre reste
De cet esprit pointu qui fait la guerre aux mots ;
Quand, aussi bien qu'eux tous, on endosse une veste,
Et que de bonne grâce on porte des sabots.

———

Le vendredi venu, près d'une forge éteinte,
Une mère à son fils répondait tristement :
« Hé bien, non ! je ne puis étouffer ni ma crainte,
» Ni mon pressentiment.

» Souviens-toi de ce jour, où devant la boutique
» Je te vis revenir le bras ensanglanté :
» Bien que l'on fît alors, pour toi, de la musique,
» Quel coup ça m'a porté !

» Que de soins, que de temps, pour guérir ta blessure !
» Si tu sortais ce soir, je craindrais des malheurs.
» Quelque chose est dans l'air... rien de bon, j'en suis sûre,
» Car j'ai rêvé de fleurs. »

— « Ma mère, pourquoi donc vous créer des alarmes !
» Est-ce que vous craignez un choc avec Marcel?

» Mais justement, ce soir, il sera sous les armes,
   » Car on bat le rappel. »

— « Nimporte, reste ici : prudence vaut courage.
» J'ai vu rôder là bas le sorcier du bois noir.
» Ce n'est jamais pour rien qu'il descend au village :
   » Tu dois bien le savoir.

» On dit même qu'hier on a vu de sa grotte
» S'esquiver un soldat. Ce soldat, je dis, moi,
» Que c'était lui.—Marcel !—Oui, le méchant complote...
   » Pascal, prends garde à toi ! »

— « Je suis au guet; mais vous, ne soyez pas troublée.
» Aucun n'ose, aujourd'hui, se frotter à mon bras.....
» Je ne sors qu'un instant pour voir, à l'assemblée,
   » Mon bon ami Thomas. »

— « Pour voir ton bon ami !.... dis plutôt Françonnette,
» Car tu l'aimes. — Ma mère ! —Oui ! oui ! j'ai de bons yeux
» Et je lis dans les tiens..... Tu pleures en cachette,
» Et tâches, devant moi, de paraître joyeux.

   » Mais on ne trompe pas sa mère :
   » Au tien je sens battre mon cœur;
   » Selon ta joie ou ta douleur,
   » Mon âme est pesante ou légère.
» Ah ! ton amour, Pascal, nous rendra malheureux;
» Car, vois-tu, cette fille après elle n'entraîne
   » Tant de galants et d'amoureux
   » Que pour flatter son humeur vaine,
   » Et tôt après se moquer d'eux.

» Mais que veut-elle donc avec tout ce manége?
» N'a-t-elle pas déjà refusé vingt partis,
» Raymond le fauconnier, Laurent, Max, et qui sais-je?
   » Des gens huppés et bien lotis !

» Pour toi, reste à l'écart, évite tout mécompte
» Aux riches, mon enfant, ce qu'il faut c'est du bien ;
» L'or est affamé d'or.... Toi, tu leur ferais honte ;
      » Tu vaux mieux qu'eux, mais tu n'as rien.

» Ton père est impotent, et moi, c'est à grand'peine
» Que de mes vieilles mains je te soulage un peu :
» L'été, je puis encor carder, filer la laine,
      » Mais au cœur de l'hiver !.... sans feu !

» Tant que ton bras n'a pu remuer les tenailles,
» Force était bien d'avoir recours aux usuriers.
» Te voilà bien portant : il faut que tu travailles
      » Et nous délivres des huissiers...

» Mais non, repose-toi, nous prendrons patience.
» Quelqu'un nous doit encore, et je vais l'aller voir ;
» Mais, pour l'amour de Dieu, ne fais pas d'imprudence,
      » Ne bouge pas d'ici ce soir ! »

Le jeune homme pâlit : penché sur son enclume,
Il regarde sa mère et retient un soupir ;
Puis après, de son cœur, inondé d'amertume,
Ces mots, péniblement, finissent par sortir :

— « A quoi rêvais-je donc ? J'oubliais ma misère !
» Oui, le pauvre partout importune et déplaît...
» Qu'il travaille et se taise !... Allons ! allons ! ma mère,
» A l'ouvrage !.... baissez, agitez le soufflet.

La forge est rallumée et l'enclume résonne,
Mais sur le fer rougi les coups portent à faux :
      Hélas ! faut-il qu'on s'en étonne ?

Le pauvre forgeron, l'amoureux qui les donne ,
　Dans la tête a bien des marteaux!

Il renonce — c'est dit — aux jeux de la veillée,
　　Où tant d'autres moins amoureux,
　　Mais plus riches et plus heureux ,
Ou qui d'un vain espoir ont l'âme chatouillée,
　　Déjà sont à jouer entre eux.

On se met à l'ouvrage, on tricote et l'on file ;
Tel par ses gros bons mots fait rire tout l'ouvroir,
Et tel autre garçon, se rendant plus utile,
　　Prête ses bras pour dévidoir.

A l'ouvrage bientôt, selon l'usage antique,
Succède le repas, où chacun porte un mets :
Tel un gigot rôti, tel autre des beignets,
Et le vin de Clairac chauffe le pique-nique.

Mais voici mieux encor : dans un immense bol
On verse, à le remplir, non pas de la piquette,
Mais un vin généreux, si riche d'alcool
Que, pour peu qu'on l'approche avec une allumette,
Il prend... et met en feu la poudre d'amusette.

Les filles, qu'à l'ouvrage on trouvait en défaut,
　　Dès que le fifre les agace,
　　Se réveillent comme en sursaut..,..
Et déjà, pour danser, vous les voyez en place.

Françonnette est à l'œuvre, observons jusqu'au bout.
Pour plaire et pour briller, comment s'y prend la brune ?
Elle se multiplie, elle est à tout, partout :
　　On dirait trois femmes dans une.

Pour causer, pour jaser, c'est l'esprit d'un lutin ;
Pour chanter, c'est la voix des jeunes hirondelles.
      Fraîche comme l'air du matin,
Pour danser..... la voilà : n'a-t-elle pas des ailes ?

      Oh ! je l'avoue, il est complet
      Le triomphe de cette fille ;
      Mais, le dirai-je ? il me déplaît,
      Car trop s'expose qui trop brille.
      Et puis enfin, dans ce ramas
      De jeunes garçons qu'elle attire,
      Manque le seul.... faut-il le dire.....
      Qui pour lui vaille qu'on soupire.
      Ne s'en aperçoit-elle pas ?

Cet autre qui survient aime aussi la coquette ;
Mais il a peur de plaire, il chérit son rival,
Et pour le bon Thomas, il n'est point d'amourette
Qui puisse l'emporter sur son ami Pascal.

Il arrive pensif, et chacun, dès qu'il entre,
      Harcèle le pauvre garçon.
— Pourquoi viens-tu si tard, lambin ? et pourquoi diantre
Viens-tu sans ton ami ? qui dira la chanson ?

— Qui ? Moi. J'arrive exprès. Commencez par vous taire
Et par vous mettre en rond, afin de m'écouter.
      C'est du nouveau ! je l'ai vu faire.
      — Nous t'écoutons : tu peux chanter,
      Mais chante haut, à gorge pleine.
      — Bah ! vous criez tous à la fois.
— On se tait. Allons ! pars, montre ta belle voix,
— Je vais donc vous chanter : l'*Amour et la Sirène*.

-- -Va pour cela ! mais pars ! commence ! une ! deux ! trois !

(Thomas chante.)

I.

« Ton cœur, ô sirène, est de glace,
» Et si l'amour, le maladroit,
» Venait jamais y prendre place,
» Il y mourrait bientôt de froid.
» Rieuse, insensible et folâtre,
» Sait-on sur quoi tu t'attendris,
» Lorsque de toi seule idolâtre,
» En face d'un cœur bien épris,
  » Tu ris ?
» Mais cela, jeune fille,
» Mène-t-il au bonheur ?
» Que sert d'être gentille,
» Si de glace est le cœur ?

II.

» Le soleil réchauffe la terre,
» Lorsqu'il darde ses rayons d'or,
» Mais toi — tu le sais trop ma chère —
» Tu nous embrases plus encor
» Par les ardeurs de ta prunelle,
» Par ton sourire gracieux,
» Par ta souplesse de gazelle
» Et par tes longs et bruns cheveux
  » Soyeux.
» Mais cela, jeune fille,
» Mène-t-il au bonheur ?

» Que sert d'être gentille,
» Si de glace est le cœur?

III.

» T'éloignes-tu de la prairie?
» L'air est glacé, le ciel est brun,
» Tout sèche et la rose flétrie
» N'exhale plus son doux parfum.
» Mais reviens-tu, douce merveille?
» Aussitôt le jour resplendit,
» Et l'agneau que ta voix réveille,
» Là sur l'herbe qui reverdit,
  » Bondit.
» Mais cela, jeune fille,
» Mène-t-il au bonheur?
» Que sert d'être gentille,
» Si de glace est le cœur?

IV.

» Grave leçon! ta tourterelle
» S'est envolée au fond des bois,
» Et là plus joyeuse et plus belle,
» D'un franc ramier elle a fait choix.
» A ce plaisir je te convie:
» L'amour n'est qu'un prêté rendu.
» Si tu dis non, l'heur de ta vie
» A tout jamais sera — vois-tu? —
  « Perdu.
» Songes-y, jeune fille!
» Pour goûter le bonheur,

» Sur ce cœur, qui pétille,
» Viens réchauffer ton cœur. »

— « Bravo, Thomas ! très bien ! ta chanson est drôlette,
» Le tour en est piquant et l'air original.
» Tu peux en être fier. — Moi ? je ne l'ai pas faite.
— » Qui donc en est l'auteur ? — C'est mon ami Pascal. »

On applaudit : mais l'héroïne
Laisse deviner à sa mine
Qu'un peu de honte la domine,
Quand au milieu du brouhaha
Elle entend dire : La voilà !
Oui, c'est bien elle, la sirène
Qui vous attire, vous entraîne,
Et qui riant de votre peine
Tout aussitôt vous plante là.

Hé bien ! la gloriole a sur nous tant d'empire
Que cet éclat lui semble doux :
Être belle, être aimée, et se l'entendre dire
Comme en secret et devant tous !

Mais n'observez-vous pas qu'elle devient pensive ?
Alors — soyez en sûr — elle rêve à Pascal....
— Qu'il est beau ! qu'il est brave ! et que son âme est vive !
Je doute qu'à la ville on trouve son égal.

Sans qu'elle se l'avoue, il a percé son âme
Ce trait de la chanson : *viens goûter le bonheur !*....
Mais Pascal est absent... Est-ce qu'une autre femme
Aurait déjà surpris son cœur ?

C'est elle, et non pas moi, qui parle de la sorte;
C'est elle qui, tout bas, murmure: Où donc est-il ?
Et qui timidement, du côté de la porte,
Au moindre petit bruit, jette un regard subtil.

— D'applaudir votre ami j'aurais été charmée,
Dit-elle, en s'adressant à l'honnête Thomas;
Mais si modeste est-il qu'il fuit la renommée,
Ou bien fait-il ailleurs un plus joyeux repas?
Je sais que son talent agrée à tout le monde
Et qu'à la fois partout on désire l'avoir;
        Mais sans doute il viendra ce soir....
Avec vous, son ami, danser ici la ronde?

—Hé ben! non, dit Laurent, le jaloux, le narquois,
Pascal est à sa forge; il a perdu la voix,
Il faudra qu'il débite une autre chansonnette
Aux huissiers, qui, chez eux, vont faire maison nette.
Ce ne sera point long, car le fournier m'a dit
Qu'ils avaient mis déjà tous leurs effets en gage,
Et que lui, ni pas un de tout le voisinage,
Ne leur accordait plus pour un sou de crédit.

— *Quelqu'un* se dit tout bas: mon dieu! si misérable?
        Que ne s'adressait-il à moi!...
            —Ah! Laurent, c'est bien mal à toi
De ricaner ainsi... tu n'es pas charitable.

— Mon Dieu! répond le rustre, en singeant la pitié,
J'en ai le cœur tout gros... dire qu'il vit d'aumône,
Un si beau gars!
            —Tu mens! crie, en frappant du pié,
Thomas, qui de fureur devient blanc... devient jaune.
Pascal, pendant cinq mois qu'il a souffert du bras,

N'a rien gagné... Sans doute, il est dans l'embarras,
Il a des créanciers; de plus, il doit la taille.
Mais le voilà guéri : maintenant il travaille,
Et c'est pourquoi, ce soir, vous ne le verrez pas.
Les lâches, tes pareils, Laurent, auront beau faire,
   Je te réponds qu'en dépit d'eux
   Pascal se tirera d'affaire.

   — Oui, s'il n'était pas amoureux.
— Hé bien! celle qu'il aime est l'amante d'un brave
   Digne de plaire et d'être heureux...
Et pas un mot de plus! ou le cas serait grave!

— Thomas, dit un voisin, nous l'avons bien compris,
   Mais laisse là ce pauvre hère :
   Honore-le de ton mépris;
Il n'est pas, sur ma foi, digne de ta colère.

A ces mots le *quelqu'un* respire déjà mieux;
Mais des larmes encor s'échappent de ses yeux.

— Au furet! au furet! dit une pastourelle,
   Asseyez-vous sur vos talons.
C'est moi qui cours d'abord : ainsi, point de querelle,
   Formez le cercle. Allons! allons!

   Les voilà tous assis par terre,
Faisant passer sous jambe et courir le furet.
Au beau milieu du rond, se campe la commère
   Quêtant ainsi qu'un chien d'arrêt.

Elle est vive et futée; à son œil rien n'échappe;
   Aussi, voyez : du premier saut
   Elle atteint sa proie et la happe...

Quel bonheur ! c'est Laurent ! — Allons ! trime, pataud,
Écarquille tes yeux, cherche, devine, attrape !

Et pataud de chercher, de fureter partout,
De tourner, de courir... mais il manque le coche,
    Et le furet, dès qu'il l'approche,
    S'échappe et saute à l'autre bout.

Il trimerait encor, si notre Françonnette
    Que ce manége amusait peu,
Et qui, ce soir, pour cause était par trop distraite,
    N'eût, brusquement, brouillé le jeu.
    De sa main s'échappe le gage.
    Et pour le coup, le gros malin
    Laurent, s'essuyant le visage,
    Lui crie : A toi donc, à la fin !

—Point du tout. Cherche encor, lui répond la boudeuse,
— Que je cherche ? Ah ! ben oui ! c'est toi qui le tiens.—Non !
    — Si, si ! — Non, non ! — Si fait, menteuse !
    Le furet est sous ton jupon...
Oh ! c'est que, vois-tu, moi, j'ai le coup d'œil de l'aigle.
Lève-toi donc, et cours... mais d'abord, sans muser,
    Tu vas me donner... c'est la règle...
    Un baiser.

Comme on voit le ramier s'enfuir à tire d'aile,
Après avoir rompu le perfide réseau
Qui l'avait enlacé, de même notre belle
Se dégage... et s'enfuit plus vite que l'oiseau.

Mais Laurent la poursuit... Hélas ! c'est bien la peine
Qu'on l'excite en criant : Alerte ! tu l'auras !

Pour le voir aussitôt, essoufflé, hors d'haleine,
Tomber si lourdement qu'il se casse le bras.

Le trouble où tout à coup cet accident les jette,
D'un plus affreux malheur semble les avertir,
Lorsqu'au fond de l'ouvroir, une porte secrète,
En criant sur ses gonds, s'ouvre... On en voit sortir
Un spectre, un revenant... que vous dirai-je? une ombre,
Un fantôme hideux, qui fait horreur à voir.

Aussi les villageois — du moins le plus grand nombre —
Ont déjà reconnu le sorcier du bois noir.
Il s'arrête un moment; puis, tout à coup, s'avance
        Et vient se placer au milieu
De nos gens consternés, qui gardent le silence,
Mais qui disent tout bas : Protégez-nous, mon Dieu !
Il parle :

        — « C'est pour vous que du haut de ma roche,
» Jeunes gens affolés, aujourd'hui je descends.
» Le plus grand des malheurs va surgir... il approche...
» Et mon art m'en fait voir les signes menaçants.

» Une fille est ici qui vous met en délire,
» Qui vous fait déserter la messe et le sermon,
» Qui vous perdrait enfin, si je ne venais dire...
» Moi-même j'en frémis... c'est l'enfant du démon !

— » Du démon ! ! ! — Oui son père, un huguenot damnable
» Qu'au pied de la potence attendait le bourreau,
        » A fait un pacte abominable :
        » Il a, pour racheter sa peau,
        » Vendu, livré sa fille au diable...
« Au diable qui, depuis, la tient en son pouvoir.

» C'est la plus grande de ses joies,
    » Car, pour attirer d'autres proies,
    » Il s'en sert comme d'un miroir.

» Mais le tyran jaloux ne veut pas qu'on la touche :
» Il a puni Pascal, il a puni Laurent,
» Pour n'avoir qu'approché leurs lèvres de sa bouche.
» Quel serait donc le sort du dernier aspirant?
» Écoutez! le voici : le soir de l'hyménée,
» A peine s'era-t-il près du lit nuptial
» Qu'aux éclats du tonnerre, ainsi que la damnée,
» Il tombera vivant dans l'abîme infernal. »

Le magicien se tait. De ses mains qu'il secoue
    On dirait voir jaillir du feu.
Il décrit un grand cercle, y fait sept fois la roue,
Et l'œil sur son grimoire, il réfléchit un peu.

L'un à l'autre, on se dit : Qu'est-ce donc qu'il projette?...
Il promène sur eux son farouche regard,
Et tout à coup, en l'air, il lance sa baguette,
    Qui va tomber... est-ce un hasard?...
    Sur la tète de Françonnette.
        Et marmottant encor
        Des termes de cabale,
        Il traverse la salle...
        Et sort.

Ah! vous épuiseriez l'art de la rhétorique,
Ses images, ses fleurs et ses mots bien choisis
Sans jamais réussir à rendre la panique
    Dont tous ces gens furent saisis.

Seule exempte d'effroi, Françonnette étonnée
Regarde ses voisins, et cherche dans leurs yeux

A deviner quelle est la soi disant damnée
Que l'on veut émouvoir par ce conte odieux.

> Bien loin de perdre contenance,
> Elle se lève de son banc
> Et d'un air gracieux et franc
> Vers ses amis elle s'avance.

Mais quel affreux revers ! Pas un ne lui répond,
> Pas un n'ose s'approcher d'elle.
Cet accueil glacial l'étonne, la confond,
Et lui fait éprouver une douleur mortelle

Du sort vit-on jamais un plus brusque retour ?
On l'évite, on la fuit. Loin d'elle chacun passe,
Hélas ! C'est qu'au village aussi bien qu'à la cour,
Le vide se produit autour de la disgrâce.

> Ah ! que ce vide est effrayant !
> Plus elle va, plus on recule,
> Plus on lui crie, en la fuyant,
> N'approche pas ! ton souffle brûle !

Ce cri, cet abandon révoltent son orgueil,
Et comme pour braver une insulte inouïe,
Elle va pour sortir ; mais, voilà sur le seuil
Qu'elle hésite, chancelle... et tombe évanouie.

Qu'il finit tristement ce rendez-vous joyeux !
L'été termine ainsi, parfois, dans la tempête,
Un jour dont le matin fut pur et radieux :....
Et des larmes souvent pleuvent sur une fête...

Que devint Françonnette, à partir de ce jour?
Hélas! le monde fut pour elle impitoyable,
La voyait-on venir, on faisait un détour
  Pour éviter l'enfant du diable.

Sur elle, alors, chacun débride son caquet;
Tout mensonge est admis, tant soit-il ridicule;
Et, comme épidémie, au milieu d'Estanquet,
Il n'est conte si faux qui vite ne circule.
  La parole est aux envieux.
  Ils en usent que c'est merveille!
— Maintenant, disent-ils, vantez-nous ces beaux yeux,
» Et ce parler si doux, qui chatouille l'oreille!
» Nous savons, Dieu merci! de qui cela lui vient.
— Oui, de tous ces beaux fruits nous connaissons la graine,
Dit une vieille. Oui, oui!... voilà qu'il m'en souvient:
« Chez eux, l'on entendait, la nuit, un bruit de chaîne
» Qui désolait la mère, au point qu'elle en mourut.
» Puis des gémissements, comme d'une âme en peine,
» Remplissant la maison... le père disparut.

» A l'enfant, depuis lors, tout sourit, tout prospère;
» Son enclos n'est jamais, ni gelé, ni grêlé,
» Et même, quand sur nous, se répand la misère,
» Elle a tout à foison, des fruits, du vin, du blé... »

Oh! paysans jaloux! voilà ce qui vous fâche.
Et vous, jeunes garçons, qui lui gardez vos cœurs,
Loin de la secourir, pris de vaines terreurs,
Vous la fuyez!... chacun de vous est donc un lâche?

  Chez les filles, c'est différent.
Vous n'imaginez pas combien les inquiète,
  Combien leur paraît déchirant

Le sort de leur amie... Ah! pauvre Françonnette !
Elle, à qui l'on ne peut reprocher un défaut,
    Qui n'est jalouse ni coquette,
Elle qui !... mais pourquoi perchait-elle si haut?

    Tous, en un mot, ont le vertige,
    Jeunes et vieux, bons et méchants.
Françonnette en gémit. Ce qui surtout l'afflige,
    C'est la malice des enfants.
Dès que l'infortunée, à sortir se hasarde,
Tous ces petits salauds, barbouillés de limon,
La suivent en criant : C'est elle ! Prenez garde !
Sauvez-vous... la voici, la vendue au démon !

DEUXIÈME PAUSE.

III.

LE PAIN BÉNIT.

L'été dernier, je voyais une fille,
Tout à l'entour du hameau d'Estanquet,
Là, sur ces prés, arranger en bouquet
Le lys des champs, la rose et la jonquille.

C'était plaisir de la voir sautiller,
Comme un chevreau, sur la verte pelouse,
Et de l'ouïr si tant bien gazouiller
Que la fauvette en devenait jalouse.

Mais d'où vient donc qu'aujourd'hui, je ne vois,
Que je n'entends, ici ni là, rien d'elle;

4

Lorsque, pourtant, des éclats de sa voix,
De ses soupirs, le rossignol l'appelle?

Cela, mon Dieu! ne nous dit rien de bon.
J'ai beau lorgner, je ne vois rien paraître,
Se pourrait-il... j'en ai quelque soupçon...
Qu'elle eût quitté le lieu qui l'a vu naître?

Non, car voici, posé là, sur le banc
Où tous les jours la mignonne travaille,
Avec ses clefs, son grand chapeau de paille,
Mais il n'est plus garni de son ruban.

Oh! son petit jardin n'a plus si bonne mine,
Tout traîne sur le sol, la bêche et le râteau;
Le mouron croît partout; l'œillet, la balsamine
Se penchent tristement, faute de soins et d'eau.

Cela fait peine à voir. Où donc la fille alerte
Se tient-elle aujourd'hui?... sa maison, la voilà,
Derrière ce hallier... la porte en est ouverte!...
A tout risque, voyons ce qui se passe là.

Mais, chut! marchons tout doux... J'aperçois la grand'mère,
Son chat sur les genoux, qui dort dans le fauteuil.
La fille? la voilà, les yeux fixés à terre,
Qui, pensive et dolente, est debout près du seuil.

Ah! voyez donc, elle soupire.
Comme elle a l'air triste et souffrant!
Il fait bien noir, je puis le dire,
Dans le cœur de la pauvre enfant.

C'est qu'il faut l'avouer, son malheur est extrème :
Depuis trois mois, le sort contre elle est déchaîné ;
Car vous retrouvez, là, Françonnette elle-même.
Et déjà, n'est-ce pas? vous l'aviez deviné.

Hélas! depuis la nuit de lugubre mémoire,
La nuit qui précéda le premier jour de l'an,
Depuis qu'on la redoute, et qu'on s'obstine à croire
Qu'un pacte ciminel l'a vouée à Satan,
Elle ne se repaît que d'images funèbres.
       Le temps, loin de la secourir,
L'entoure de frayeurs et d'épaisses ténèbres...
Et, pour comble de maux, elle a peur de mourir.

Que dit-elle? Écoutons : — « C'est peut-être un mensonge
» Qui flatte les jaloux, ou qu'ils ont inventé.
» Mais où donc est mon père? Est-il mort?... Plus j'y songe
» Et plus je crains de voir luire la vérité.

      » Quel changement! moi, dont naguères
      » L'éclat le disputait au jour ;
      » Moi, seul objet de tant d'amour,
      » De tant de jalouses colères,
      » Moi, qui des garçons d'alentour,
      » Pouvais d'un mot, du moindre signe,
      » Mettre à mes genoux le plus digne
» Ou le faire grimper jusqu'au nid du vautour.....
      » Me voir méprisée et maudite,
» Et dire que le pauvre à qui je tends la main
      » En toute hâte prend la fuite,
 » Tant l'effroi que j'inspire est plus fort que la faim !

» Ah du moins si Pascal, bravant cette épouvante,
      » A la honte de ses rivaux,

» Montrait qu'il a pour moi l'âme compatissante,
        » Peut-être oublirais-je mes maux.
» Combien, moi j'ai gémi, le sachant dans la peine,
        » De ne pouvoir le soulager!
» Et l'ingrat qui feignait d'adorer la sirène,
        » N'a garde, aujourd'hui, d'y songer.

      — « Qu'oses-tu dire, malheureuse?
» Il y songe!.... et partout, d'une âme généreuse,
» Il défend ton honneur, et se fait ton soutien. »

Ces mots mystérieux qui frappent son oreille,
D'où sont-ils donc partis? Ma foi! je n'en sais rien,
Mais ils vont à son cœur..... Et! vraiment, c'est merveille
        De voir comme ils lui font du bien.
        C'est, aux lèvres d'une mourante,
        Un élixir, un cordial.
        Aussi, pour être moins souffrante,
        Souvent, nous rêvons à Pascal.....

Qu'est-ce donc? Je la vois, tout à coup, qui tressaille.
Sa grand'mère, en sursaut, s'éveille et crie: Au feu!
Mais, se frottant les yeux, et touchant la muraille,
Elle dit, à part soi : « Tiens! ce n'était qu'un jeu,
» Qu'un rêve décevant..... pas même un feu de paille!....
» Ce que c'est que de nous!.... Voyez, voyez un peu !

—» Hé! mais, quel songe affreux faisiez-vous donc, grand'mère
        » Et dans quel état vous voilà!
» Vous aurez vu, je gage, un mort sortir de terre. »
— « Ne ris pas, mon enfant: j'ai vu pis que cela,
» J'ai vu.... c'était le soir, et le temps était sombre,
        » Comme dans la morte saison,
» J'ai vu des furieux accourir en grand nombre

» Pour mettre en feu notre maison.

» Tu voulais me sauver, tu criais : Grâce ! grâce !

   » Mais les méchants n'écoutaient pas.....

» Je sens encor le feu qui sur nos têtes passe,

   » Et qui te brûle dans mes bras.

» Ai-je souffert, mon Dieu ! La peur encor me glace.

» Mais te voilà, c'est toi..... que le ciel soit béni !....

» Approche, mon enfant : viens, çà, que je t'embrasse...

» Encor !.... je n'ai plus peur.... plus du tout, c'est fini. »

La jeune fille émue entre ses bras la serre,

Lui sourit, la caresse ; et, retenant ses pleurs :

— « Vous m'aimez toujours, vous.... et votre amour grand'mère

   » Me fait oublier mes terreurs. »

— « Mes terreurs ! et pourquoi ? je te redis sans cesse

» Que ta mère, autrefois, gouvernante au château,

» Mérita la faveur de sa noble maîtresse,

» Qui lui fit, à sa noce, un splendide cadeau :

» Oui, tout ce que tu vois vient de la châtelaine ;

» Maison, vignes et prés ; mais ton père en a fait,

» A force de travail, un si riche domaine

» Que le monde jaloux s'en irrite et nous hait.

   » Voilà pourquoi la médisance

   » Ose, contre toute raison,

   » Crier si haut que notre aisance

   » Provient des œuvres du démon.

» Laisse-les dire et faire, et sois toujours bien sage.

   » Le bon Dieu nous rendra la paix.

» Ne vois-je pas déjà refleurir ton visage ?

   » Il est plus charmant que jamais.

» Pâque arrive demain : il faut, à la grand'messe,
» Te placer dans ton banc, avec tes beaux habits,
» Pour montrer aux jaloux, vile et méchante espèce,
» Qu'on nargue, en plein soleil, leurs absurdes récits.

  » Tout justement je me rappelle
  » Qu'autrefois sur ce sujet-là,
  » On chantait une vilanelle..... (5)
  » Attends !.... *C'est une ?....* M'y voilà :

   » *C'est une sotte manie*
   » *Que de reculer devant*
   » *Le chien ou la calomnie....*
   » *Ou l'ombre d'un revenant ?.....*

» — Grand'mère ! vous chantez, est-ce de bon augure,
  » Quand on n'a plus d'espoir ?
» — Plus d'espoir ! qui l'a dit ? Hé bien ! moi je t'assure
  » Que tu peux en avoir.
» Car Marcel, ce matin, me répétait encore
  » Que pour vite apaiser
» Les méchantes rumeurs..... le mal qui te devore.
  » Il voulait t'épouser.

» Tu n'en veux pas ! — Oh ! non !
   — » Pourtant tu dois comprendre
  » Qu'il te faut un soutien,
» Un sage protecteur, un bras, pour te défendre
  » Plus ferme que le mien.

» Songe à cela, ma fille, et pour sortir d'angoisse,
» Pour éclairer ton choix, recours à Dieu tout franc.
» Je te l'ai déjà dit : Demain à la paroisse,
» Sans trouble et le front haut, va t'asseoir dans ton banc.

» On verra bien à ta figure
» Que le temps d'épreuve finit,
» Et sans que personne en murmure,
» On t'offrira — j'en suis bien sûre —
» La couronne du pain bénit. »

Enfin, brille le jour du plus grand des miracles :
Du fond de ce tombeau, le Christ a pris l'essor,
Il monte radieux vers les saints tabernacles.....
   Il a vaincu la mort !

O Pâques ! jour de gloire et de sainte allégresse !....
Dans ton sépulcre ouvert, d'où jaillit la clarté,
La foi se précipite, et crie avec ivresse :
   Il est ressuscité !

L'antique alleluia ! retentit dans l'église
Où le peuple joyeux s'engouffre à flots pressés :
Tous les bancs sont remplis. — « Qu'est-ce donc ? O surprise !
» Ne la voyez-vous pas entre les mieux placés,
— » Hé ! non, c'est une erreur ! — Si, parbleu ! C'est bien elle,
» Qui se met à son aise, et semble nous braver....
» Comment ! Venir un jour de fête solennelle !
» Qui donc de l'anathème a pu la relever ?.,...
  » Sainte Vierge ! quelle toilette,
  » Et quels gros nœuds de rubans blancs ! »

  Tels sont les mots que la pauvrette
  Entendrait courir dans les bancs

Si, par l'ardeur de la prière
Qu'elle apporte dans le saint lieu,
Déjà son âme tout entière
N'était en contact avec Dieu.

Elle n'en est pas moins un sujet de scandale,
Car chacun, malgré soi, la pourchasse des yeux.
La voir c'est l'admirer. Or, sa beauté fatale
De minute en minute aigrit les envieux.

Voyez déjà ses voisines
Qui, ne pouvant l'éclipser,
Entre elles se font des mines
Et plus loin vont se placer,
C'est pour que cette incartade
La montre à tout le bercail
Comme une brebis malade,
Comme un noir épouvantail.
Les méchantes! les cruelles!
Comme on voit bien sur leur front
A quel point chacune d'elles
Se complaît en cet affront !

A cette heure, on apporte aux enfants de l'Eglise,
Sur un plateau d'argent couronné d'un bouquet,
Le pain qu'à l'offertoire on bénit, on baptise,
Pour donner l'avant-goût du céleste banquet.

Voici qu'au banc de Françonnette
Arrive à son tour le plateau,
Et que, pour y prendre un morceau,
Elle avance une main discrète.

Mais quoi ! le sacristain — c'est l'oncle de Marcel —
Lui fait, de parti pris, subir une disgrâce
Plus amère cent fois que l'absynthe et le fiel :
Il lui tourne le dos et, se pressant, il passe.....
Passe sans lui donner sa part du pain du ciel !

— « Ah ! comment supporter cet odieux esclandre !
» C'en est fait, puisque Dieu souffre que leur courroux
» M'accable en son église, et m'empêche de prendre
» Une miette, au moins, du pain qu'on offre à tous ! »

Ainsi parle en pleurant la pauvre créature,
   Prête à se trouver mal.
Mais cette indignité comble enfin la mesure :
Il n'est pas dans l'église un cœur un peu loyal
   Qui n'en frémisse et n'en murmure.....
Qui n'évoque un vengeur..... Le voici..... c'est Pascal !....
   Lui-même, en grand habit de fête,
   Qui, tout en chantant le *Credo,*
   Marche sur les pas du bedeau
   Et pour les pauvres fait la quête.
   Il a tout vu, tout deviné,
   Jusqu'au signe d'intelligence
   Que, pour la plus basse vengeance,
Le soldat vient de faire au bedeau suborné.

   Oh ! dans son cœur le sang bouillonne :
Il n'y tient plus. Sans craindre un scandaleux éclat,
Il arrête le clerc, il saisit la couronne,
   Et dit, en l'enlevant du plat :
« A la plus digne, enfin, il est temps qu'on la donne. »

   Et transporté d'un doux orgueil,
   Aux yeux de la foule muette,

Le cœur gonflé, la larme à l'œil,
Il va l'offrir à Françonnette.

Ah ! pour la pauvre enfant quelle félicité !
Des larmes, il est vrai, découlent sur son livre,
Mais je vous dis, en vérité,
Que ces larmes la font revivre.
Françonnette les trouve aussi douces que miel,
Et, sur son front baissé, la rougeur répandue
Montre que dans son cœur, aux purs rayons du ciel,
La glace s'est fondue.

Ce cœur, vous le savez, se désolait tout bas ;
Il en attendait un..... un autre qui vînt dire
Qu'il soupirait aussi ; mais il ne parlait pas :
C'était un vrai martyre.

Maintenant, Dieu merci, les mots sont superflus ;
La vérité rayonne..... Arrière la souffrance !
Doutes, soupçons, fuyez ! nous ne connaissons plus
Que la douce espérance.

L'envie ! on la méprise. Il faudra qu'à la fin
Envers nos deux amis elle change de thème,
Ou, cent fois mieux encor, que son propre venin
L'empoisonne elle-même.

Pour terminer un si beau jour,
Suivons discrètement l'heureuse Françonnette,
Qui s'en va se blottir au fond de sa chambrette,
Seule à seule avec son amour.

L'eau que le ciel épanche après des jours arides.....
Le rayon qui, l'hiver, perce un nuage épais.....

Le zéphyr..... eh! mon Dieu! tous ces mots insipides,
A ce que je vois là répondront-ils jamais?

Non, rien n'est comparable à la céleste flamme
Qu'un chaste et tendre amour, pour la première fois,
Sans se nommer encor, sans élever la voix,
Souffle tout doucement au fond d'une jeune âme.

Sans ambages, disons qu'après tant de revers
   La pauvre innocente respire,
Et qu'on la voit enfin — sur la lèvre un sourire —
   Rêver, les yeux tout grands ouverts.

   Oh! je crois bien que sans truelle,
   Sans bois, sans plâtre, sans marteau,
   Sans charpentier ni porte-oiseau,
   A l'heure qu'il est notre belle
   Bâtit en Espagne un château.

Un sage nous l'a dit : c'est dans l'âme souffrante
Que s'exalte surtout la puissance d'aimer.
Où donc trouver, alors, une âme plus aimante
Que celle..... Qu'est-ce encor? je la vois s'alarmer.

   Redevient-elle malheureuse?....
   La voilà qui tremble et pâlit!.....
Hélas! elle a heurté contre une idée affreuse,
   Et son château se démolit.

— « Moi, rêver au bonheur! Est-ce donc que j'oublie
» Le destin qui m'attend, et ce pacte fatal
» Qui, pour sauver mon père, à tout jamais me lie
   » Au détestable esprit du mal?

» Puis-je oublier surtout le malheur qui menace
» L'amant trop généreux qui s'unirait à moi?
» En y songeant mon cœur se resserre et se glace...
  » Non, non, Pascal, grâce pour toi ! »

  Disant cela, l'infortunée,
  La pauvre enfant, qui n'en peut plus,
  A genoux tombe prosternée
  Devant la mère de Jésus.

— « Vierge sainte, ô ma mère ! ô clémente Marie,
» Vous qui des malheureux êtes le sûr recours,
» Vous que jamais en vain on n'invoque, on neprie,
  » Venez, venez à mon secours !

» Etoile du matin, vous que l'aurore encense,
» Soyez, du haut des cieux, mon guide et mon appui :
» Faites, devant Pascal, briller mon innocence,
  » Et rendez-moi digne de lui.

» Écrasez sous vos pieds, douce reine des anges,
» Le serpent de l'enfer qui siffle autour de moi.
» Que veut-il? à Dieu seul, j'adresse mes louanges,
  » Et dans mon cœur brûle la foi.

» C'est elle qui repousse un injuste anathème;
» C'est par elle qu'ici je jure à vos genoux
» D'aller renouveler les vœux de mon baptême,
  » Le jour de votre fête, à l'autel... devant tous. »

  Ainsi que la flamme légère
  Qui se dégage de la terre,
  Lorsque le ciel est orageux,
  Ainsi vers notre commun père

S'élance et gravit la prière
Qui part du cœur d'un malheureux.

Et du ciel aussitôt descend au fond de l'âme
De celui qui l'adjure et l'invoque à genoux
Un rayon d'espérance, une amoureuse flamme
Qui guérit tous les maux, ou les fait trouver doux.

La pauvre Françonnette, ainsi, reprend courage;
Ses yeux restent fixés sur ce rayon qui luit,
    Et qui traverse le nuage,
Comme fait un éclair au milieu de la nuit.

TROISIÈME PAUSE.

LA VOIX D'UNE MÈRE.

Le soleil, déjà loin du berceau de l'aurore,
Suit son cours et descend de la voûte des cieux.
Dans l'océan du soir, que de pourpre il colore,
Il va plonger bientôt son disque radieux.

De ses rayons brûlants, à cette heure il éclaire
La fête de la Vierge (6). Ainsi c'est aujourd'hui
Qu'on verra Françonnette, au seuil du sanctuaire,
Implorer de Marie un tutélaire appui.

Sa lamentable histoire est partout répandue ;
Chacun sait qu'au démon son père l'a vendue ;

Mais qu'humblement hardie elle vient, au milieu
De tous ses ennemis, en appeler à Dieu.

C'est partout que le peuple aspire le miracle ;
Le vrai, pour le toucher, doit d'abord l'éblouir ;
Et puisqu'ici du ciel on attend un oracle,
Chacun veut des premiers arriver pour l'ouïr.

    Aussi, bien avant que la cloche
    Pour vêpre ébranle les échos,
    On voit venir de proche en proche,
    Couverts de leurs plus beaux sarraux
    Et tous ayant du vivre en poche,
    Les curieux et les dévots....
    La foule accourt, la foule approche,
    Et dans l'église entre à grands flots.

On s'y presse, on étouffe au milieu des nuages
    D'encens et de parfum.
On dirait que l'église entasse cent villages
    Dans un.

C'est que des lieux voisins, croix et bannière en tête,
Plus d'un village entier vient en procession :
Estanquet, semble-t-il, en ce grand jour de fête,
    A pris la place de Sion.

Les étrangers, du moins, sont exempts de ces haines
Qu'allume à votre porte un sordide intérêt,
Et, par leur sympathie, ils soulagent des peines
    Dont le voisin rit en secret.

Aussi, ces bonnes gens, du profond de leur âme
Plaignent-ils Françonnette ; ils lui donnent des pleurs,

Demandant à genoux l'appui de Notre-Dame,
    Pour mettre un terme à ses douleurs.

Voyez : près du portail, la foule se dérange,
Serait-ce elle peut-être? — Oui, la voilà qui vient...
    — « Passez, passez, mon petit ange,
» Lui dit-on doucement, et chacun la soutient. »

Quoique déjà l'espoir par la main la conduise,
La peur de rencontrer quelqu'indice fatal
Fait que, toute tremblante, elle entre dans l'église ;
Mais elle y voit d'abord la mère de Pascal.

Alors, plus rassurée, elle avance et se place
A l'endroit où le prêtre, après son oraison,
Doit venir l'asperger, en lisant la préface
    De l'exorcisme du démon (7).

Que va-t-il arriver? Personne ne respire:
Pas un mot, pas un geste, on écoute, on attend,
Et l'attente sur tous exerce un tel empire
Que les bruits du dehors, à peine on les entend :
L'air a beau s'agiter, le ciel devenir sombre
Et les piliers du chœur se confondre dans l'ombre,
On est tout à l'autel où le prêtre se rend.

    Ce vieillard, d'une voix débile
    Après avoir invoqué Dieu,
    Se met à lire l'évangile
    Selon l'apôtre saint Mathieu.
Du pan de son étole il couvre le visage
De la pauvre innocente, et lui donne à baiser
    La relique, la sainte image

Que les siècles ont vu, par miracle, apaiser
  Tous les fléaux du voisinage.

Le prêtre sur sa tête étend déjà la main,
Prêt à dire ces mots qui la doivent absoudre :
« *Au nom du Dieu vivant, au nom....* » lorsque soudain
Part et brille un éclair précurseur de la foudre....
Et la foudre a déjà, sillonnant les vitraux,
Renversé sur l'autel la croix et les flambeaux...

—Ah ! les cierges éteints ! signe affreux d'anathème !
La malheureuse fille.... on n'en peut plus douter
Est maudite à jamais.... Dieu s'explique lui-même ;
  C'est sa voix qui vient d'éclater.

  L'entendez-vous? Elle redouble,
  Coup sur coup partent des éclairs,
  Qui dans les cœurs jettent le trouble
  Autant et plus que dans les airs.

Aussi, de tous nos gens le vertige s'empare ;
Ils ne comprennent plus ce que le prêtre dit ;
Ils poussent dans l'église une clameur bizarre,
  Car chacun d'eux se croit maudit.

Et notre pauvre enfant qu'ainsi le sort accable,
Qui souffre — Dieu le sait ! — tout ce qu'on peut souffrir,
Défaille sur son banc, sans qu'un bras charitable
L'aide à se relever, ou du moins à mourir....
Non : la peur rend cruel.... Tout ce peuple l'évite,
Et comme un tourbillon, pour gagner le dehors,
Sans respect du saint lieu, sans prendre d'eau bénite,
  Vers la porte il se précipite....
Il déborde à la fin... Mais quel spectacle alors !

L'orage s'est accru. Tout l'horizon s'embrase...
Le tonnerre et les vents font d'effroyables bruits,
Les arbres sont rompus ; enfin la grêle écrase,
Sous ses cailloux glacés, les rameaux et les fruits.

D'impétueux torrents, fléaux plus redoutables,
Entraînent les débris arrachés de leurs bords,
Et couvrent d'un réseau de gravier et de sable
Les champs qui, ce matin, étalaient leurs trésors.

Et quand les malheureux, à qui manque la terre,
Ont fait de ces dégâts le sinistre bilan,
Il s'élève des cris d'angoisse et de misère
Plus horribles encor que ceux de l'ouragan.

Tout est haché, moulu... plus d'épis, plus de paille !
Si l'on ramasse à terre un peu de menu grain,
Il ne suffira pas au quart de la semaille...
Et pour franchir l'hiver, où donc trouver du pain?

La rumeur d'un prodige interrompt cette plainte :
Françonnette, dit-on, n'éprouve aucuns dégâts;
Sa maison et son clos sont restés hors d'atteinte :
Le tonnerre a, pour elle, épargné ses éclats.

Quelqu'un s'écrie alors : « C'est Satan, c'est son maître
» Qui la protége ainsi. » Ce mot produit l'effet
            Du grain de feu que le briquet
Lance sur un amas de soufre et de salpêtre.

Et c'est de tous les points que l'on entend crier :
— « Voilà de nos malheurs l'unique et juste cause :

» Auprès d'une maudite, à quoi sert de prier?
» Mais bannissez-la donc! quoi! personne ne l'ose? »
— « Si, si! nous l'osons tous. Qu'on la chasse au plus tôt!
» Hors d'ici! loin de nous, l'enfant du huguenot! »

Et ces cris de fureur tous à la fois les poussent;
C'est à qui frappera les plus terribles coups.
Les sages et les vieux, eux-mêmes, se courroucent,
Car, où ne faut-il pas hurler avec les loups?

> Rien ne peut apaiser la haine,
> L'horrible et jalouse fureur,
> Que sur ces gens l'enfer déchaîne,
> Ni la parole tout humaine
> Que fait entendre le pasteur,
> Ni du soir, qui survient, le calme et la fraîcheur.

Mais, pendant tout cela, que fait la pauvre fille?
Recluse dans sa chambre, elle pleure en secret,
Elle couvre ses yeux du pan de sa mantille,
Et presse sur son cœur les restes d'un bouquet.

> « Il vient de toi, quand tu m'en fis hommage
> » Il exhalait le parfum du bonheur,
> » Il s'est flétri... ce n'est plus que l'image
> » De ma douleur.

> » A ton amour il faut que je renonce,
> » Puisqu'il est vrai que c'est l'ordre de Dieu.
> » Oui, tu l'entends : son tonnerre l'annonce...
> » Pascal... adieu!

> » Ce qui, pour toi, se passe dans mon âme,
> » Ah! qu'il y meure! Il y va de tes jours.

» Sois... Dieu le veuille !... auprès d'une autre femme,
    » Heureux toujours !

    » Mais... je le sens... la force qui m'entraîne,
    » Est un amour dont rien ne peut guérir,
    » Qui vous élève au-dessus d'une reine
        » Ou fait mourir. »

— « Françonnette ! qu'as-tu ? demande la grand'mère.
 » Qui de sa chambre en bas l'entendait soupirer.
 » Tu m'as dit que la Vierge exauçait ta prière.
 » Cela, me semble-t-il, devrait te rassurer.
 » Et tu geins cependant ainsi qu'une âme en peine,
 » Il se sera passé quelque chose aujourd'hui,
 » Dit la vieille en montant, — oh ! oui, j'en suis certaine,
 » Et c'est bien sans retour que ton bonheur a fui. »

— « Mais, non, grand'mère, non : jen'ai rien, je vous jure.
 » J'ai prié de bon cœur, et mon âme est en paix. »

— « Oh ! tant mieux, mon enfant ! ce mot-là me rassure ;
 » Je me le tiens pour dit, car tu ne mens jamais.
 » C'est que te voir gémir, cela creuse ma tombe.
 » Tiens, dans ce rêve affreux, que je fis un matin,
 » Sans cesse, malgré moi, mon pauvre esprit retombe ;
 » L'incendie, à mes yeux, n'est pas encore éteint.

» Puis, tu sais à quel point l'orage m'épouvante.
» Vraiment, j'ai cru tantôt que j'allais défaillir.
» Je suis... tu peux le voir... encor toute tremblante :
» Le vent, le moindre bruit, tout me fait tressaillir...

» Qu'est-ce ? quels hurlements tout à coup retentissent ?
» On entend, près d'ici, crier : au feu ! au feu !

» Et déjà les reflets de la flamme se glissent
» A travers les rideaux... Ah ! ce n'est plus un jeu.

» Mon rêve s'accomplit. On nous menace... écoute ! »
— « Grand'mère, calmez-vous. Non, ce sont des soldats
         » Qui font la fête, et qui, sans doute,
» Car ils partent ce soir, font leurs adieux là-bas.
» Je vais m'en assurer. » — « Ne t'en avise pas !
» Reste, reste ! ou plutôt, évitons l'incendie ,
» Sortons par le jardin, et fuyons dans les champs. »
— « Non, dit la jeune fille, elle un peu plus hardie ;
» Je vais ouvrir la porte, et braver ces méchants. »

A peine sur le seuil, elle voit une horde
Furieuse, agitant des torches, des brandons :
— « La voilà, disent-ils, point de miséricorde !
» Loin d'ici, loin de nous la fille du démon !
» Dieu, tantôt, devant nous ne l'a-t-il pas maudite ?
» C'est elle qui nous perd, et qui nous jette un sort...
» Allons ! brûlons son toit... qu'elle fuie au plus vite ! »
— « Non, crie un plus féroce : il faut la mettre à mort. »

Mains jointes, à genoux, Françonnette leur crie :
— « Ayez pitié de nous. Laissez-vous attendrir,
» C'est pour ma pauvre mère, hélas ! que je vous prie,
» Ah ! vos cris menaçants vont la faire mourir. »

— « Tant mieux ! car elle aussi commerce avec le diable.
» Qu'elle aille à son foyer ! » Et tous ces malheureux,
Sur qui l'enfer répand sa fureur exécrable,
Répètent à l'envi : « Brûlons-les toutes deux. »

— « Arrêtez ! dit quelqu'un; hé quoi ! lâches, deux femmes,
» Sans force, sans défense, et qui vivent en paix,

» Venir pour les chasser, pour les livrer aux flammes !...
» De par qui? de quel droit? quels sont donc leurs forfaits? »

— « Peux-tu le demander? ce sont des huguenotes,
» Qui font depuis longtemps que tout nous tourne à mal.
» Nous voulons en finir de ces fausses dévotes,
» Ne les défends donc pas, retire-toi, Pascal. »

— Pascal, l'appellent-ils? Oui, vraiment c'est lui-même,
Lui qui vient, enflammé d'un trop juste courroux,
Défendre l'innocence, et pour celle qu'il aime,
S'exposer hardiment à la rage de tous.

Ah! l'amour, on le sait, centuple le courage,
Pascal est hors de lui, le feu sort de ses yeux;
Et d'abord se jetant à travers le passage,
Il arrête l'essor de tous ces furieux.

— « Arrière! leur dit-il, je défends qu'on insulte
» Qui que ce soit ici. » De son geste animé,
De sa voix frémissante, il dompte le tumulte....
N'en soyons pas surpris: de tous il est aimé.

— « Vous céder? poursuit-il, plutôt que je trépasse....
» Mais je vois accourir notre ennemi mortel....
» Il vient, le fanfaron, pour venger sa disgrâce....
» Allez-vous, contre moi, vous mettre avec Marcel? »

— « Marcel, dit le soldat, accourt pour la défendre,
» Il en a seul le droit... or, sus! déguerpissons !
» Et toi, mon Benjamin, dont le cœur est si tendre,
» Détale avec eux tous, va faire des chansons. »

— « Pour la sauver, du moins, sur toi j'ai pris l'avance. »
— « Et moi, pour l'épouser... Françonnette est à moi. »

— « Pas encor, dit Pascal, fais trève à ta jactance,
» Car j'aspire à sa main plus ardemment que toi.

» A le lui dire ici son malheur me convie ;
» Si j'avais eu de l'or j'aurais parlé plus tôt ;
» Mais pour qu'en cet instant je lui donne ma vie,
» Tout ce que Dieu m'a fait... qu'elle dise un seul mot.

» Tu m'entends, Françonnette, il faut que tu choisisses,
» Il te faut un appui contre ces malheureux;
» Sur Marcel ou sur moi jette des yeux propices....
     » Nous t'aimons tous les deux.

» Oui, pour vaincre le sort qui sur toi se déchaîne,
» Ici, l'un, comme l'autre, est prêt à tout braver :
» A qui donnes-tu donc, en dépit de la haine,
     » Le droit de te sauver? »

— « O Pascal ! plus un mot! je frémis de t'entendre,
» Te faire partager le sort le plus affreux !
» Non, je n'y consens pas, cesse de me défendre,
     » Et sans moi, sois heureux. »

— « Hé que seraient, sans toi, le monde et l'existence?
» Pourrais-je même au ciel, sans toi, trouver la paix?
» Non, non! et si l'enfer te tient en sa puissance....
» Pour ne plus te quitter, je m'y plonge à jamais. »

    Qu'un tel propos soit un blasphème,
Notre pauvre amoureux ne le soupçonne pas,
Ni sa belle non plus ; car dans son trouble extrême,
Elle appelle Pascal, et tombe dans ses bras.

— « Je voulais, lui dit-elle, ami, sauver ton âme
  » Du malheur qui s'attache à moi,
 » Mais l'amour me contraint à revenir à toi...
 » C'en est fait.... tu le veux?.... oui, je serai ta femme.... »

O fortuné Pascal ! te voilà plus heureux
Que ne le fut jamais ni monarque en son Louvre,
Ni vainqueur couronné.... Devant toi le ciel s'ouvre,
Et, juste cette fois, le sort comble tes vœux.

Et la foule insensée, au même instant s'écrie:
— « Vive Pascal ! honneur à l'enfant d'Estanquet !
» Avec la Françonnette il faut qu'on le marie,
» Dès demain , dès ce soir... Nous serons du banquet. »

Mais Pascal, triomphant, n'en est que plus modeste ;
Il va droit à Marcel, et lui tendant la main :
— « Pardonne à mon bonheur, lui dit-il... moi je reste
» Ton frère et ton ami, tiens cela pour certain :
» Oui, dispose à ton gré de moi, de mes services...
» Que veux-tu? c'est ainsi : l'amour a ses caprices ;
» Il veut unir enfin deux enfants du hameau
» Dont il a de son aile effleuré le berceau.
» Ah ! n'en sois pas jaloux. Pour toi sont toujours prêtes,
» En cent lieux différents, de nouvelles conquêtes ;
» Et Mars, ton vrai patron, va te faire bientôt,
» Au jeu de la victoire, attraper le gros lot.
» Touche donc là, mon brave ; et pour marque première
» D'une franche union entre deux gens de cœur....
  » Elle aussi t'en fait la prière....
» Promets que tu seras notre garçon d'honneur. »
— « Elle aussi! » répond-il ; et, gardant le silence,
Il laisse deviner, le farouche soldat,

Qu'entre deux sentiments sa volonté balance,
Et qu'au fond de son cœur il se livre un combat.
Il est pâle, il frémit, mais son regard s'enflamme,
C'est le regard d'un tigre attaqué dans son fort,
De Françonnette on voit qu'il voudrait sonder l'âme,
Il voudrait !.... mais, enfin, parlant avec effort :
      — « Pascal, dit-il, puisque c'est elle
      » Qui veut bien à son prétendu
      » Offrir une charge si belle.....
      » Compte sur moi : c'est entendu. »

Deux semaines après, Pascal et Françonnette,
Bras dessus, bras dessous, vont se faire bénir...
Mais les gens de la noce ont tous l'âme inquiète,
Ils sont comme obsédés d'un triste souvenir ;

Ils songent au sorcier, au terrible présage
Dont il a menacé nos deux jeunes époux,
Et moi, qui les chéris, je redoute la rage
Qui couve encor peut-être au fond d'un cœur jaloux.

Marcel ouvre la marche, il semble, à son allure,
Qu'il a mis sous ses pieds tous regrets superflus,
Et qu'il s'est promptement guéri de sa blessure.
Sans doute, il a souffert ; mais il n'y paraît plus.

Il préside gaîment à l'ordre de la fête ;
Il se montre partout en généreux rival ;
C'est même en son logis qu'à cette heure on apprête
Le repas de ce soir, et qu'aura lieu le bal.

A son faste, on dirait vraiment qu'il tient la banque.
Les vins les plus exquis, le gibier, le pâté,

Tout abonde à sa table ; un mets pourtant y manque,
Sans lequel rien n'est bon..... ce mets, c'est la gaîté.

On est là tout pensif; on redoute l'approche
De l'heure où les époux retourneront chez eux,
Et d'avance on frémit en songeant que la cloche
Peut-être annoncera la fin de tous les deux.

L'imagination va jusqu'à faire entendre
Le glas qui tinte au loin, comme en un jour de deuil,
Et tel croit déjà voir une main qui vient prendre
La nappe du festin pour couvrir un cercueil.

Quant à nos deux amis, qu'un doux espoir enivre,
Sous le dais de l'hymen, qui peut les alarmer?
N'ont-ils pas consenti, même à cesser de vivre,
Pour jouir un instant du bonheur de s'aimer?

Enfin, sonne minuit. L'horloge est entendue (8).
La musique a cessé. On part... quand, tout à coup,
Une femme tremblante, égarée, éperdue,
Vient retenir Pascal, en lui sautant au cou.

— « Oh ! mon fils, lui dit-elle, au nom du ciel, arrête.
» Il y va du salut... je t'en conjure, attends !
» Le devin m'a tout dit : je sais ce qui s'apprête...
» Quitte la malheureuse : il en est encor temps.

» Qu'elle entraîne mon fils !... crois-tu que je le souffre,
» Quand j'ai tout découvert, quand je sais que là-bas,
» Tout prêt à l'engloutir, vient de s'ouvrir un gouffre
» Où tu dois choir aussi ?... Non, je ne le veux pas.
» Obéis-moi, Pascal; rejoins notre demeure;
» Que je te garde encore, au moins jusqu'à demain,

» Ou dis que tu consens, que tu veux que je meure,
» Enfant dénaturé!... que je meure de faim. »

Ce mot touche Pascal... que dis-je? il le déchire :
Mais le pauvre garçon n'en serre que plus fort
Cette main qu'il tient là... l'amour, faut-il le dire?
Est inflexible et sourd à l'égal de la mort.

— « Tu ne m'écoutes plus, reprend la pauvre mère.
» Non, la voix de mon cœur n'arrive plus au tien.
» Fils ingrat! me quitter, pour suivre une étrangère...
» Une femme est donc tout?... une mère n'est rien !

» Mais je t'arrête ici. Je reste cramponnée
» A ton âme, à tes pas. Pour t'en aller dehors,
» Et suivre plus avant cette femme damnée,
» Résous-toi, malheureux, à marcher sur mon corps. »

Quel assaut pour un fils, dont la plus douce envie
Est d'honorer sa mère! Il l'aime, il la chérit !
S'il le fallait, pour elle, il donnerait sa vie;
Mais il ne peut trahir l'amour qui lui sourit.

— « O Marcel!... tu le vois : ceci me désespère.
» Mais l'amour est mon maître; il commande en vainqueur.
» S'il m'entraîne à la mort, sois l'appui de ma mère :
» Ce droit-là t'appartient... Je le lègue à ton cœur. »

— « Non, répond le soldat, essuyant une larme,
» Non, non! je n'y tiens plus..... Ta mère me désarme:
» Plus d'obstacle à tes vœux; tu l'emportes sur moi.....
» Tu n'as plus de rival... Françonnette est à toi.

» Ne crois plus que son père au démon l'ait promise.
» Ce n'était là qu'un jeu ; maintenant il finit.
» Et c'est bien pour jamais que le prêtre, à l'église,
» A scellé ce matin l'anneau qui vous unit...

» Mais, Pascal ! si ta mère ici ne fût venue
» Faire entendre à propos les accents d'une voix
» Qui m'en rappelle une autre... une autre bien connue
» C'en était fait de nous... nous périssions tous trois. »

« — Qu'est-ce à dire ? Elle aussi !... qu'un homme de courage
» Un soldat eût voulu... le croire est un outrage
» Que je ne te fais pas... »

              — « Mais que j'ai mérité.
» Oui je voulais, au prix de la mort éternelle,
» Me venger d'un affront ; car j'étais insulté
» Dans l'amour qu'avant toi j'avais conçu pour elle.
» Au su du monde entier, j'étais son prétendu,
» Je m'en croyais aimé. Juge de ma surprise,
» Quand, la première fois, je me vis confondu,
» Quand je vis qu'elle allait rompre la foi promise.
» Mais je sus contenir la rage dans mon cœur ;
» Et sans me demander si j'aurais une excuse
» Aux yeux de la justice, ou même de l'honneur....
» La guerre permet tout.... j'eus recours à la ruse.

» J'allai donc en secret dans l'antre du sorcier,
» Qui, pour quelques doublons, inventa cette fable
» Qu'aux yeux de vos manants, de ce peuple grossier,
» Par un tour de baguette, il rendit vraisemblable.
» La fureur qui depuis vint à s'emparer d'eux,
» La foudre sur l'autel, les dégâts dé l'orage,

» Tout cela fut l'effet de hasards malheureux,
» Mais qui de mon bonheur semblaient être le gage.

» Je me voyais ainsi protégé par le sort,
» Tout semblait conspirer au gré de mon envie.
» Plus de milieu pour elle : ou ma main, ou la mort...
» Hé bien non ! De son gré, toi, tu me l'as ravie.

» Comprends-tu maintenant quel horrible venin
» Je sentis s'épancher dans mon sang, dans mon âme,
» Lorsqu'osant affronter l'oracle du devin,
» La perfide t'a dit : *Oui, je serai ta femme ?*

» Alors, je respirai le souffle de Caïn ;
» Alors je fis serment... j'en rougis, c'est infâme,
» Mais c'est la vérité... je veux la dire, enfin.
     » Oui, je jurai — je le proclame —
» De frapper, dans son lit, votre odieux hymen,
» D'en briser le flambeau, d'en étouffer la flamme. »

—« Non, Marcel, tu n'as pu si longtemps, dans ton cœur,
» Nourrir et laisser croître une telle fureur. »

— « Chaque jour, au contraire, augmentait mon délire,
» Et j'allais, dans l'instant, puisqu'il faut te le dire,
» J'allais tout immoler... je vous menais chez vous,
» Où j'ai su préparer la couche des époux,
» Où j'ai dans votre alcôve entassé de la poudre
» Prête à faire, à mon gré, l'office de la foudre.

» Là, j'avais résolu, pour nos derniers moments,
» D'étaler, à la fois, aux yeux de l'infidèle,
» Mon amour et mes vœux... mais surtout les tourments,

» Les mépris, les affronts qui me sont venus d'elle...
» Ils vont finir, enfin, me serais-je écrié...
» Périsse ton beau corps! périsse aussi ton âme!
» Car il te faut mourir, avant d'avoir prié...
» Et soudain du brûlot j'eusse approché la flamme. »

  Françonnette se serre alors contre Pascal
  Dont l'indignation, à peine contenue,
  Est prête à s'élancer sur l'orateur brutal :
  Il toise le soldat... celui-ci continue :

— « Mais le cri déchirant que ta mère a poussé,
» A fait saigner mon cœur. Ce cri m'a terrassé...
» Contre une vieille mère, il n'est rage qui tienne :
» En l'écoutant, j'ai cru que j'entendais la mienne ,
» C'était bien cette voix que j'ai tant fait gémir ;
» C'étaient les mêmes mots... comment n'en pas frémir,
» Alors qu'il me souvient qu'aujourd'hui c'est sa fête?...
» O chère âme! ô ma mère! il faut pour ton bouquet
» Que cette fois mon cœur l'emporte sur ma tête.
» Hé bien! prends cette fleur, la rose d'Estanquet ,
» Elle était bien à moi; je te la sacrifie....
» C'est dit, c'est résolu..... Toi, Pascal, sois heureux ,
» Vis pour ta mère.... et pour.... oh! rêve de ma vie!....
» Qu'est-ce? vais-je pleurer? Non, ce serait honteux!
» Non! non! je suis soldat; je retourne à la guerre;
  » Avec mon sabre, avec mon nom,
» J'y porte un souvenir qui me vaudra, j'espère,
  » L'honneur d'un boulet de canon. »

Et sans plus discourir, enfourchant sa cavale,
Il la pique des deux et la met au galop....
Quel élan! quel essor! il s'enfuit, il détale.....
Où diantre va-t-il donc?.... Ma foi je ne sais trop.

Mais il sent dans son cœur ce que la vertu donne,
Un charme tout nouveau, un plaisir qui l'étonne....
« D'où vient donc, se dit-il? Je souffre et suis heureux!
» Je pleure, et la nature est plus belle à mes yeux.

» Je renonce pourtant à cette fille chère,
» A ce lutin si beau que tendrement j'aimais!....
» Allons, n'y pensons plus, et courons ventre à terre
» Vers celle dont l'amour ne nous trahit jamais.

» Oui, mon brave cheval, redouble de vitesse;
        » Vole, comme au son du clairon,
» Vole, arrive où m'attend une douce caresse,
» Où, joyeux, je dirai : — Le voici ce luron
» Que tu grondais, Dieu sait, quand il courait les filles,
» Quand il jouait, buvait, ou quêtait un duel.... (9).
» Il sera, disais-tu, la peste des familles;
» Il se fera hacher ou réduire aux béquilles.....
» Hé bien! mère, voilà ce qu'a fait ton Marcel! »

Il disparaît enfin : des bravos retentissent,
Et la noce gaîment reconduit les époux,
Qui plaignent le soldat, mais qui d'amour frémissent.
Ah! s'ils versent des pleurs, ce sont des pleurs bien doux!

        Oui, oui! pour eux la coupe est pleine,
Et vous en respirez le suave parfum,
Sans que mon Épilogue avec eux vous entraîne,
Sans qu'ici je vous fasse un récit importun.

J'ai pu, tant bien que mal, vous esquisser leur peine,
Car chacun est habile à sentir la douleur;

Mais pour vous peindre leur bonheur
En vain je gonflerais, j'échaufferais ma veine,
Il ne m'est pas donné d'employer la couleur
        Que broyait si bien Lafontaine.
Aussi bien.... me voici.... haletant.... hors d'haleine....
        Et vous donc, mon pauvre lecteur !

Encore un mot, pourtant : ne faut pas que j'oublie
D'ajouter qu'au hameau le bon petit public,
Voyant la fausseté du méchant pronostic,
        Est revenu de sa folie.
Non, contre Françonnette, heureuse et plus jolie,
        Contre la rose épanouie,
        Il n'est plus permis à l'envie
        De darder sa langue d'aspic....

Mais las ! pour les garçons ! tout va de mal en pire.
        Les pauvrets encor mal guéris
        De l'amour dont ils étaient pris,
Ont un long pied de nez, et chacun d'eux soupire,
Ils se sont laissé prendre à des contes grossiers,
Dont on rit maintenant. Aussi, dans leur martyre,
        Ne cessent-ils de dire :
Oh ! nous ne croirons plus..... plus jamais aux sorciers.

FIN.

NOTES.

Note 1, page 5.

Pour se mettre en gaîté, voici comme on s'y prend :

Nous avions écrit d'abord : Quand on veut *s'éjouir*, etc. Mais on nous a fait remarquer que le verbe éjouir n'était pas dans l'inventaire de l'Académie, et par respect.....

Mais n'a-t-elle pas tort la docte compagnie, de répudier le verbe *éjouir* que différents auteurs ont employé, entre autres Moncrif et Saint-Simon ? Ce mot euphonique est à *réjouir* ce qu'*éveiller* est à *réveiller* ; on est réveillé par quelque chose qui est en dehors de soi, par l'abat du jour, par le bruit ou une certaine préoccupation; on s'éveille naturellement à l'issue d'un sommeil calme et suffisant. On se réjouit, on est réjoui par une circonstance extérieure, par une bonne nouvelle, par l'arrivée d'un ami, par quelque chose qui vous affecte directement; on s'éjouit naturellement, comme les oiseaux dans l'air, comme les jeunes lapins sur la pelouse, quand on est en bonne santé, quand rien ne contrarie et qu'on jouit d'une bonne conscience ; l'ouvrier qui chante en travaillant ne se réjouit pas, il s'éjouit. Il nous semble qu'on devrait assujettir l'Académie aux règlements sur les inhumations, afin qu'elle n'enterre pas si hâtivement des mots qui, peut-être, respirent encore.

Note 2, page 3.

Promise dès longtemps pour la fin du mois d'août.

La Saint-Jacques tombe à présent le 25 juillet; mais il paraît qu'au seizième siècle et en Gascogne, elle n'arrivait qu'à la fin d'août. Il faut, là dessus, s'en rapporter à Jasmin, qui doit bien connaître la fête de son patron, lui qui s'appelle Jacques et *qui est du pays*. Voici tantôt 1800 ans que Saint-Jacques-le-Majeur prêcha l'Évangile en Espagne, et que ses restes furent apportés à Compostelle; c'est depuis lors qu'on célèbre sa fête. Faut-il croire que la commémoration des *journées* que nous appelons *glorieuses, immortelles*, fera une aussi longue traînée à travers les siècles ?

Note 3, page 4.

Qui lance à tout venant la limonade fraîche.

Qui *lance*, disons-nous, et non pas qui *verse*, parce que nous savons comment, dans le midi, on boit *à la régalade*.

  » Boire à la régalade est encore un talent
  » Qu'on ne peut disputer à l'adroit Catalan.
  » De son bras droit et ferme, il tient loin de sa bouche
  » Le cruchon que jamais de sa lèvre il ne touche,

» Et le faisant jaillir par le petit goulot,
« La bouche à peine ouverte il aspire le flot.
» Le tour se fait si bien, l'eau prend si bien sa route,
« Que jamais sur le sol il n'en tombe une goutte »

(*Chronique du Roussillon.*)

Note 4, page 15.

« N'importe, répond-il, j'ai trop bonne querelle.

Dis que j'ai *bonne querelle*! c'était là le premier mot de celui qui, dans un combat singulier, renversait son adversaire, et qui lui tenait l'épée sur la gorge. Il fallait que le vaincu répondît : *Nenni*, pour que l'autre eût le droit de l'achever.

Note 5, page 44.

» On chantait une vilanelle.

Nous supprimons cette vilanelle que nous avions composée par amour des vieilleries.— Elle faisait longueur.

Note 6, page 53.

La fête de la Vierge.........

L'Assomption. Dans les premiers siècles de l'Église, cette fête se célébrait le 18 janvier. Les capitulaires rédigés à Aix-la-Chapelle, en 817, sous Louis-le-Débonnaire, l'ont transférée au 18 avant les calendes de septembre, c'est-à-dire au 15 août; c'est ce qui s'observe encore aujourd'hui. L'administration civile a-t-elle beaucoup d'ordonnances de pareille date qui soient encore en vigueur?

Note 7, page 55.

» De l'exorcisme du démon.

Il nous souvient d'avoir assisté en 1788, dans l'église du village de Saint-Étienne près Remiremont (Vosges), à l'exorcisme d'un garçon âgé de douze ans que l'on croyait possédé, parce qu'il rêvait tout haut et marchait en dormant. Les choses se passèrent, à peu près, comme nous les décrivons ici. On s'étonnera qu'à cette époque le somnambulisme naturel fût aussi mal compris en province, lorsque, depuis dix ans, Mesmer jouait à Paris avec ce phénomène et le reproduisait par le magnétisme.

Note 8, page 65.

.... L'horloge est entendue.

Le hameau d'Estanquet avait-il déjà une horloge en 1565? Pourquoi pas? Deux siècles plus tôt, en 1370, Charles V en avait installé une dans une des tours du palais que, pour cette raison on nomme encore: *la Tour de l'Horloge*. On la devait à un Allemand appelé *de Vicq*, que le roi retint en France et qu'il logea dans la tour avec six sous parisis d'appointements par jour. Aujourd'hui, grâce à Wagner, autre Allemand, où n'y a-t-il pas une horloge publique?

Note 9, page 70.

» .... ou quêtait un duel.

L'école moderne essaie de ne faire plus qu'une syllabe du mot *duel*, qui, chez les maîtres, chez Voltaire, Lebrun et vingt autres, en a deux; cette contraction nous semble tout-à-fait disgracieuse. Qu'on en juge par cet hémistiche des *Burgraves* :

» Le grand duel du vieux Job..... »

Et par ce vers d'une comédie nouvelle de M. Augier :

» Car, après tout, un duel dont la cause est si juste. »

Ôtez cette conjonction *car*, et vous aurez un vers harmonieux comme celui-ci de notre franc Molière :

» Un duel met les gens en mauvaise posture. »

M. Louis Quicherat dit aussi que *duel* est resté de deux syllabes.

L'auteur d'un petit traité de la *Prosodie moderne,* M. W. Tenint, veut aussi étrangler le mot *hier*, et n'en faire qu'un monosyllabe, mais nous n'y consentons pas. Sur ce mot de valeur douteuse, M. V. Hugo a pris son parti : il ne l'emploie jamais que comme dissyllabe. Ici encore, M. Quicherat nous donne raison (*Traité de versification française*, page 5); quoiqu'il dise, en note, que nos anciens poëtes étaient conséquents en faisant *hier* (heri, ital. ieri) d'une seule syllabe.